殷培基

爆籃

壞孩子軍團

爆籃 壞孩子軍團

作者／殷培基

策劃編輯／周淑屏

協力編輯／羅詠恩

美術設計／范育賢

出版發行／突破出版社

香港沙田亞公角山路 33 號突破青年村

電話：2632 0000　傳真：2632 0388

電郵：breakthrough@breakthrough.org.hk

網址：http://www.breakthrough.org.hk

http://www.btproduct.com

承印／陽光（彩美）印刷有限公司

2017 年 7 月初版 1 刷

Bad Boys Army

by Yan Pui Kei Kevin

First Printing, First Edition, July 2017

Printed in Hong Kong

ISBN 978-988-8392-57-5

誠邀閣下就突破出版社的書籍發表意見

歡迎加入突破書籍 Facebook page — http://www.facebook.com/btbooks.page

本書採用環保油墨印刷

每一個
年輕人都應當
乘着夢想的
翅膀出航。
成長文學

目錄

第一章：宿敵

NING KWONG
11
NING KWONG
NING KWONG
7
NING KWONG
5

1 臨別一戰

如果每位球員的生命中都有一位宿敵存在，那位球員是幸福的。

魔術手・莊遜與小鳥・布特；米高・佐敦與卡爾・馬龍；高比・拜仁與勒邦・占士……數之不盡的宿命對決，成就了籃球史上一段又一段傳奇，如今，亞洲籃球錦標賽的三年之後——亞洲冠軍球會盃聯賽——總決賽最後一場，成就了亞冠籃壇歷史上的宿敵一戰——殷青藍與上本直宏。

「來季不再了，這是最後一戰，我倆會拚盡！」徐風在更衣室內跟隊友擊掌。

「今晚，是我們太平洋四王的天下，打勝仗了，你和王凱帶着我們的榮耀，征戰日本和韓國的聯賽吧！好兄弟！」青藍領着眾人圍在一起，大喊三聲「太平洋天下」，然後領軍出戰第八次碰頭的宿敵——日本冠軍球會——煜皇。

「又是你！臭傢伙！」上本直宏看着領軍上陣的青藍，冷冷一笑。青藍同樣冷哼一聲，上前跟他擊掌、握手，一種識英雄重英雄的感覺湧上心頭。「上本，又是你敗，先道個歉！」青藍也來一句垃圾話回敬上本直宏。

二人笑着擊掌的同時，球證已站在球場中圈，比賽正要展開。

總決賽以五場三勝分高下，兩隊各勝兩場，場數打成二比二平手。今晚，日本東京山田競賽場館兩萬觀眾引頸以待，過去三年的一對宿敵老對手——太平洋石油vs煜皇，正要拚到最後一場生死決。回顧過去三年，兩隊均在四強戰和決賽碰頭，各有勝負，各得一次總冠軍，而其中一年，「煜皇」和「太平洋」均同時在四強出局，分別輸給新加坡的「七海龍」和韓國的「合一聯」。

[illegible]——

球賽正式開始！

今季，「太平洋石油」的陣容是歷屆最強的：控衛「大將・王凱」、得分後衛「鬼影步・徐風」、小前鋒「野豹・殷青藍」、大前鋒「壞孩子・楊濤」、中鋒「101」鄭喜華、聯盟最佳第六人「Sniper」李琪。陣中除了中鋒外，其他五人已是獨步球壇的名將，今季加入了中華台北的七呎外援、外號「101」的鄭喜華，更是如虎添翼。

第一節最後一分鐘，鄭喜華已獨取十分，更逼得對方中鋒野田博身陷犯規危機，被教練換出，坐在冷板櫈上。鄭喜華，被喻為「姚明2.0」，當世華人球壇第一中鋒，各大NBA球隊對他虎視眈眈。

「哼！第一中鋒？」上本直宏根本沒把鄭喜華放在眼內。22：16，「太平洋石油」領先六分。最後的三十秒，上本直宏開始了……

倘若每個球員的生命中都有一位宿敵，那球員肯定無比幸福。

老對手總會把你看得穿看得透，你為了不被他看穿看透，便得更上層樓，於是你的球技和意志會透過更艱苦的訓練不斷提升。殷青藍早已料到眼前的上本直宏不甘落後，比賽未到最後一秒，他絕對有能力挽回頹勢，況且只是第一節而已。「他最擅長的變速切入，總慣從右邊來！」他揣度上本的進攻路向……

「過底、單擋！」楊濤高聲提場，上本直宏已出現在左邊三分線的四十五度角上，利用中鋒的高位單擋順利接應隊友傳球。殷青藍亦已就位，人盯人，手已到，封住了起手射球的去路。誰敢在「煜皇」面前施展壓迫性的人盯人戰術？環顧整個亞洲，不出四隊！「太平洋石油」正是當中最狠的一隊！

果然不出所料，上本直宏深知三分線起手的機會已失，殷青藍的防守速度數一數二，若不使出真功夫，又豈能擺脫他的死纏？

「對！往右！」上本真的往右切入，第一步極快，只是青藍早料先機，緊貼防守其右路，逼他衝向楊濤，形成夾擊。

楊濤跟青藍早有默契，加上他六呎八吋的身高，壯碩如牛的軀體，上本如要硬碰，只會撞上一道水泥牆，弄得灰頭土臉。「早知你右切了，還有路可走？」可是青藍暗喜不夠一秒，上本忽地急停後手運球 Step-Back 退回三分線，來一記遠程炮！

三分球命中！

上本直宏，不會讓你猜度得到。

最後二十秒，22：19。主場的日本球迷瘋了似的吶喊着上本的名字！上本的外號——「GH」——「God's Hand」！

楊濤拍拍青藍的背，笑着道：「喂！好玩啊！有新意，我鍾意！」

青藍也指着上本直宏，笑道：「老友，再來啊！」

上本拍心口，豎起三分球得分的三隻手指，道：「一定！放心！」

又是你！上本直宏。

最後十秒，王凱一記中距離跳射不入，上本直宏搶到防守籃板，轉身疾衝，搶打快攻，青藍和楊濤已緊追着，一前一後撲去，務求在三分線上封死他的路線。「最後五秒，不可讓他投進三分球！」青藍想起了上本剛才的Step-Back三分進攻，已料到上本食髓知味……

料到嗎？

料不到啊！雖然上本真的Step-Back，卻只是佯裝起手，突然變速，一個箭步切入壓過了楊濤，徐風和王凱左右上前防守已是慢了一步，眼前，只有，「姚明2.0」的鄭喜華——

「101嗎？當今亞洲第一中鋒嗎？」上本直宏在罰球線起步——

2000年悉尼奧運會，美國男子籃球隊摘下金牌。當中對法國隊的一場比賽中，「飛人」雲斯卡達於一次快攻時，毫不畏懼地飛身跨過法國隊七呎二吋的中鋒弗列特利克・韋斯，施展猛力入樽。這一灌籃動作舉世震驚，更成為籃球運動史上經典的一幕，此後，法國媒體稱之為「死亡之扣」。

今日，上本直宏重演這一幕！「轟！」入樽得分兼博得罰球。

最後一秒，罰球命中，比分追平，第一節完。

全場的喝采聲持續足足五分鐘，場館的大屏幕不斷重播他跨躍鄭喜華驚天一扣的片段。「日本聯賽冠軍球會『煜皇』看來已摸到了冠軍金盃！」旁述說。

2 風怒號．大將狂屠

「喜華，別想了。什麼都別想，專心迎戰第二節。」青藍試圖安慰，心中卻早有定數，剛才上本直宏的一擊實在太震撼，太嚇人，說真的，怎樣安慰都沒用，換着被跨過入樽的是他，也會戰心盡失。自2000年奧運之後，從沒有人在國際賽上再遇到這等恐襲式攻擊，上本直宏啊！他即將名留青史，但鄭喜華呢？永永遠遠的成為最不堪入目的大茄，被恥笑是必然的了。

「換人！李琪入替鄭喜華。我們不再用人盯人戰術，用212聯防。雖然保守一點，不過可止住對方的切入。」教練殷耀榮作出調動，命楊濤客串中鋒，加入三分射手李琪，配搭着王凱、青藍和徐風，以一個快疾絕倫卻輸蝕於身高的陣式應戰。徐風揚一揚手，示意隊友圍攏一起，他道：「兄弟們，我和王凱代表太平洋石油打得最後一戰，拚盡無悔，楊濤、青藍，你倆留心，我會隨時傳球到你手，不用想，只管射！」

隨後王凱在戰術板上畫了幾個走位的路線，徐風笑着道：「楊濤，你在禁區內盡情打吧！」楊濤的嘴角輕揚，似笑非笑，一副胸有成竹的表情，摸摸自己的紅頭，伸着舌頭做個招牌鬼臉，道：「有你兩個穿針引線，我一定打爆他們的內線！」他又向着鄭喜華道：「喂！101，你別垂頭喪氣，一副哭喪嘴臉，看看我如何替你報仇雪恥！」

提到一個恥字，青藍立即拉着楊濤的右肘，使個眼色叫他別提。

「來吧！第二節要煜皇陷入苦戰！」王凱率先踏入球場。

最後一戰，王凱和徐風比平時更投入更無保留。太平洋石油隊是他倆的成名地，如今為了報答球隊管理層和教練，以及所有隊友，他倆拚盡全力。「嘩！王凱和徐風瘋了！」懂籃球的觀眾看見他倆的威力，都不約而同地吐出這句話。

徐風向來都快，如今更快，運球變速切入的 Crossover 叫人目迷神醉，叫人聯想到的是巴西的森巴足球，炫目秀麗亦過癮！最重要的是管用！右路的胯下運球變向左路切入，一記回馬槍傳給三分線上的殷青藍，射！中！

王凱也不讓徐風專美，以冷靜的頭腦和準確的傳球見稱的他，已先後交出四個助攻給楊濤。

第一球：徐風左路切入，快傳給王凱，同時青藍切入跟楊濤一個低位單擋，楊濤 Roll Out，青藍 Roll In，然後楊濤接球在手，一個晃身壓過了守衛，直搗黃龍式入樽！

第二球：走位路線一模一樣，唯一不同的是，徐風傳出一記——「拆你屋」！殷青藍凌空一躍，力壓上本直宏，空中接球直往籃框轟去！

「轟」一聲的入樽之後，整座場館突然靜了三秒，才暗暗湧起一陣又一陣的驚呼聲和吶喊聲！

第三球：徐風自己來，一個人「由東岸帶到西岸」的快攻，若從高處俯瞰的話，彷彿只見一條光影在場上穿插、飛馳，最後一記極速的雙手入樽！

「好對手，徐風真的是好對手！」上本直宏心忖：「他們都是好對手，楊濤、青藍、徐風、王凱、李琪，叫人好興奮啊！」

上本直宏的笑容告訴隊友，這一仗難打啊！可能要在最後一分鐘才能分出勝負，隊友們互使眼色，同樣回報一個笑容，說：「這才叫樂趣！」

隨着你攻我守、你追我趕的節奏下，比賽於第三節中，第五度追成平手，直到最後的兩分鐘，徐風再度穿針引線，配合王凱的準確傳送，造就了李琪和青藍的三分雨攻勢，連續四球的三分球壓倒了對手，最後由楊濤來個終極絕殺，博得犯規兼得分，77：76，第三節完。

港隊眾將表現極勇猛，彼此擊掌鼓勵，誓要一鼓作氣打敗對手。「決賽在望啊！第四節不容有失，堅持啊！對方兩名主力大前鋒和中鋒已被楊濤攪得頭昏腦脹、過犯纏身。整隊只得上本直宏最具威力，李琪，由你來緊盯他，行嗎？」殷耀榮指揮若定，再看看對手那邊的後備席，心中則盤算己隊後備兵源的實力，道：「青藍，你先休息一下，換上鄭喜華，楊濤重回大前鋒位置。喜華，第四節，證明給全場的觀眾看，101是東南亞首屈一指的地標，不只因為它高，而是它夠硬淨！」

「教練，教練！」助教突然急起來，指着「煜皇」隊那邊的球員席上，眾人亦朝那邊望去，登時心中一涼！

一個名字，重重轟擊着眾人的腦袋！

名越川——日本國家隊首席球星，連續五次聯賽MVP，兩次總決賽MVP。

他是楊濤在日本聯賽打滾時的隊友、師弟——宿敵。

「他不是被教練勒令禁賽嗎？由外圍賽開始，他因為在球隊練習時毆打隊友被球會處罰啊！剛才都不見他在後備席上，怎地……？」助教一臉擔憂，道：「如果他上陣，那麼我們要同時對兩個上本直宏啊！」

「不是兩個，是五個！名越川比上本直宏更勝一籌的不是技術，而是領袖能力！王凱，記住名越川，是你好好學習的對象，他是場上的教練、天生的領袖，有他在，球隊實力高上一班，隊友實力可能突破自身極限。」楊濤嚴陣以待，續道：「他打隊友，是因為該隊友不及格不稱職不認真，還經常遲到。其他隊友都力撐他，還跟教練翻臉，不過依我看來……這可能是一個局，一齣由教練和名越川合力編寫的劇本，是一個在適當時候用來激發隊友的熱血劇本，可能連那個被打的隊友都是其中的最佳男配角。」

青藍拍拍心口，大喊道：「管他的名越川、上本直宏，我們是誰？」

王凱伸出拳頭，大家都跟着，拳頭疊拳頭，齊心大叫：「太平洋石油！皇者！」

第四節開始……名越川終極上陣：

煜皇		太平洋石油
78	:	77
81	:	77
83	:	79
85	:	79
88	:	81
88	:	84
91	:	84
93	:	84
93	:	87
93	:	88
96	:	90
98	:	90
98	:	93
98	:	96

最後兩分二十秒。

「吁……吁……兩分而已，別再讓名越川切入，他好煩！」

鄭喜華五犯離場，青藍換入，跟楊濤和李琪一起力追，徐風和王凱更合力傳出多次助攻。

「何必徒勞？最後贏的只會是我們！」名越川聚集起隊友來，續道：「對手的合作性極強，又夠硬淨，死咬我們不放！但我們要慢慢來，我會先強攻楊濤，他已四犯，然後投進罰球，第一球會投進，第二球會彈出，你們搶籃板球，傳給外線的上本，投進他的第八個三分球，接着餘下的一分鐘，我們拖慢節奏。」

劇本寫了，如意算盤敲響了。敢問天下間的球賽，有誰能先寫劇本，然後按所有預計和安排確切執行？除非是神。

名越川被楊濤緊纏，好辛苦才接到傳球，背對着籃框進攻。「楊師兄，好久不見，怎麼你對我如此冷淡？我上陣至今短短幾分鐘，你都沒跟我說上一句垃圾話。多麼客氣啊！不像你的性格！」

楊濤逼他傳球，卻在兩個傳送間，球再度落在名越川手中。楊濤似乎看出他的把戲，道：「你想逼我五犯離場，然後拉開分差，再拖慢節奏到完場！」

又道：「我沒對你說話，沒跟你打招呼，原因是因為你啊！要對付你，我非要用上百分之二十的專注力呢！」

名越川沒回話，因為他正待楊濤回話。回話，他就分心！

分心，就有時機，即使那時機僅得一瞬——已足夠名越川來一個後轉假動作，然後Fade Away仰後跳射，還讓楊濤掉進了他的劇本之中……

「咇——！觸手犯規，得分兼得罰球。」球證做個手勢，然後一抹巨大而黑暗的陰霾忽地來襲，罩住了太平洋石油的後場和球員席上。

最後一分半鐘：

煜皇		太平洋石油
101	:	96
104	:	96
106	:	99
107	:	101

日本・煜皇力挫香港・太平洋石油，昂然晉身總決賽。

3 送別

輸了，緊要，但不是最重要！

這是總教練段耀榮常說的一句話。他不是為了安撫球員而說，而是真正的經驗之談。球賽總有勝敗，因為對手技高而敗，值得欣賞和學習；因為自己疏懶而敗，值得檢討和反省；因為運氣而敗，值得思考如何掌握球隊命運。這些都比輸球重要。

太平洋石油一眾球員都是身經百戰的強手，心理質素之穩定毋庸置疑，即使輸了比賽，也不影響他們對自己的高水平要求，永不言退才會進步。因此，由五月下旬開始休季，到十月正式展開新一季賽事的期間，各隊的球員都有訓練，就算不是球隊訓練，也會有私人訓練。

「高比拜仁即使在休季期間，每天四時起牀，練跑、健身、練球，天天如是！他的成就高度都是因為他的堅持所致！」殷青藍被邀請到中學演講時，分享自己對訓練的看法。

事實上，來季沒有了王凱和徐風，在球隊未找到合適人選替代他們之前，殷青藍、李琪和楊濤就是球隊的支柱，如果他們都鬆懈，隊友都會跟着放輕鬆。故他和李琪每天都一起特訓，按私人教練的設計，作出針對性的強化訓練。而楊濤則由父親楊天齊親自主理，總之三人許下承諾，來季開始的球隊集訓，三人都要以脫胎換骨的姿態出現。

「青藍，你別只顧着鍛煉，許晴不會放過你。」徐風和王凱臨別贈言，青藍牽着許晴的手，緊緊握了一下，好像生了默契般，盡在不言中。

王凱道：「許晴快當唱作歌手啦！快出唱片了，當歌星了，青藍要更小心，娛樂圈多複雜！」

「別多事啦！我倆經得起風雨！」青藍道。

許晴也道：「我只是喜歡寫歌和唱歌而已，沒想得那麼遠！」又轉個話題：「我們每天都見面，而且他的特訓時間安排得非常有系統，我有信心他一定會更進步，下一季如果在亞洲賽碰頭，你們要當心啊！」

徐風和王凱不約而同的互相擊掌，再跟青藍擊掌，徐風道：「我期待這個對賽的畫面！」

「我也是！」青藍說罷，指一指手錶，道：「是時候了，登機吧！先花三個月適應當地，再跟球隊集訓，記住將學到的帶回來分享啊！」

告別了兩位好友，沒有依依不捨，只有肝膽相照。「喂！」許晴依偎着他，道：「如果日本的煜皇邀請你加盟，在日本聯賽發展，你會去嗎？」

「你會讓我去嗎？」青藍反問。

許晴沉默不語，摟着他，一會兒後才道：「如果有唱片公司跟我簽約，但要到其他地方發展，或者不許我拍拖……」

青藍笑着，吻了她額頭一下，道：「別傻了，都是什麼年代？你又不是青春偶像派，怎會理會你拍不拍拖？哈……想太多了！」

「我很老嗎？怎麼不是青春偶像！我沒條件嗎？」許晴一邊撒嬌一邊提起青藍的右臂，張口便咬。

4 預告

本地學界聯賽和精英賽先後圓滿結束，各區和各組的冠軍已登上學界籃球龍虎榜，排名依舊不變，全港首二十名學界最強球隊，南山十強必佔其十，其餘十強則以紅山區的皇家籃球學院為首，再加上一些近年崛起的新名字，組成了學界二十強。

「唉！九月開打的『學界無限籃球賽』，看來都是那二十隊之爭。」一個 Skin Head 髮型的球員打開體育新聞報刊，看着大字標題的宣佈：

N.LEAGUE 贊助「學界無限籃球賽」九月開打

全方位淘汰賽　不分組別和區分　勢演最刺激的皇者之戰

另一個隊友拍着籃球，附和着：「哼！我們從未贏過，未試過出線，講什麼當皇者！」又道：「那個校長找回來的所謂著名教練，老是騙我們！雖然……我曾是N.League 的最佳新人……唉！算吧！練球……我是誰？殷青藍嗎？徐風嗎？他們是井城的神話，我呢？什麼都不是。」

Skin Head 球員收起報紙，捲成棒狀，突然一下橫掃，轟到這個最佳新人的頭上。「哈……你別看輕自己，你怎會什麼都不是？你是一塊乾了的泥巴，一踏就碎！哈……」

一擊得手，即時快走。最佳新人立即躍上去追着打！

第二章：爛攤子．壞孩子

MING KWONG
11

1 鬼地方

「老爸，別這樣好不好？」楊濤正跟父親在健身房進行舉重訓練，還特地聘請了頂尖的健身教練協助。

自楊濤回歸本地籃壇的幾年間，楊父是他的私人訓練設計師，還會到老朋友的學校擔任客席教練，指點一下十來歲的籃球員。

楊父指示訓練員，把一個六十五磅的啞鈴交給楊濤。他道：「濤，你要幫我。這次一定要幫。暑假唯一的籃球比賽——N.League 贊助的『學界無限籃球賽』，我老友是校長，想我幫他帶隊啊！」

楊濤冷冷道：「與我何干？」

楊父續道：「他想學校的球隊能參加，也想找一位球星來激勵一下隊員。」

「唉！正能量的工作不屬於壞孩子的。壞孩子做壞事，我楊濤就是壞孩子。不如你另請高明吧！殷青藍或李琪都是最佳選擇。」楊濤舉着啞鈴，一下又一下的舉高放低，直到最後一下，他又道：「你想幫老朋友沒問題，我推薦了青藍和李琪，任何一個都有足夠能力帶你朋友的校隊進入決賽圈。」

「不！我要你！你一定要幫忙。」楊父一臉嚴肅，認真起來，直如一座快要爆發的活火山。

楊濤悶哼一聲，搖頭歎息，道：「為什麼一定要我？我的目標是下一季亞洲冠軍聯賽盃，我要集中火力打敗名越川。」

楊父咳了兩聲，忽地氣喘着，道：「那班孩子都不平凡，各有潛能，但他們操行太差，不喜歡常規束縛，性格乖戾、暴躁，我想啊……只有你能教好他們。」

「哎……那……這個……你多給我一個理由，為何一定出我當他們的教練！」楊濤聽見父親的氣喘聲和咳嗽聲，便能想像父親因為動氣，觸發了心臟舊疾，心中一軟，寧願讓步。

近年來，楊父的身體明顯弱了許多，隨着楊濤連場征戰，每場比賽的前後都跟着他的訓練進度，工作量愈大，身子就愈差。前年還試過心臟出了毛病，醫了大半年才逐漸康復。「楊老教頭的身體不適合應付高層次的賽事，別讓他過勞和擔心。」球壇的前輩都跟楊濤說。

「唉！別讓他操心？不讓他參與，才叫痛苦。」楊濤心想：「除了我的比賽，他只是替朋友教一班中學生而已，又怎算操勞？」

正當楊濤關注起父親的身體時，楊父終於找到了另一合適的理由。他道：「你未試過教人，是不是怕負責任？當球員，你獨領風騷，當教練……咳咳咳……你未有機會證明啊！你怕？」

若是十年前，激將法對楊濤非常管用。今天啊！楊濤豈會因一點點老策略便一頭栽進死地中去。「唉！老爸，激將法沒用啊！不過算吧！我幫你一個夏天！」

「咳……好好……咳！」

「別咳喇！好不好？」楊濤怕了父親的咳嗽，道：「給我聯絡人的電話和地址行嗎？哪所中學？」

楊父拍着他的肩，笑着咳，道：「待會給你！下午帶你去！」

初夏總是時晴時雨，有時天氣悶熱得像個大焗爐，翳悶、心煩，最好待在有冷氣的地方，幹什麼都好，最重要冷氣夠涼快。即使沒有大太陽，可是雲層如棉被，蓋着大地等同乾蒸，恨不得來一場雨，狠狠的降一降暑。下午三時，誰會在球場？有多少人自願待在球場練習？除非被迫！

「死臭狗通風報信，今晚一定揪着他來打！」一個陸軍裝的瘦黑少年站在石屎地籃球場上來回跑，每跑一次，訓練員便傳球給他走籃。這少年赤着上身，汗流如雨，拚命疾衝，接過球後開步走籃，已經來來回回跑了不下四十圈，開始覺得缺水，如乾涸的河塘，開始覺得暈眩，如被打了麻醉槍的野豹，步速減慢，步履搖晃不定，開始喘着氣。訓練員高聲提示着他：「林天行，別死撐啊！最後一分鐘，最後八次來回。」

訓練員暗暗心驚，忖：「十分鐘內完成五十次來回短衝和走籃，常人又怎能夠隨便做得到？這個林天行果真是個瘋子。」

終於，最後十秒，只餘一次短衝走籃，林天行跌低了，無法完成。訓練員走上前，心中替他不值，嘴上仍要裝硬，道：「林天行，站起來！自己跌倒便自己撐起身，企好！」

訓練員其實是教官，是這所中學的訓導組教官。他續道：「你前天犯了逃學規則，被罰一星期洗衣期，一星期廚房期，兩個週末和週日不得回家。還有，你打賭可以破學校的短衝走籃紀錄，如今挑戰失敗，外加一星期洗碗期。」

林天行立正，頭抬得極高，昂然回應：「Yes Sir! Thank You Sir!」

在林天行昂首回答的同時，他瞥見籃球場外，有一個巨型的紅頭走過。這個紅頭正是楊濤，二人互望了一眼，楊濤便跟着父親往校務處走去。

「這裏像個監獄，同學都像少年犯，所遵行的都是紀律部隊的規則。」伴着楊濤的一位教官名叫Raymond，他穿着卡其色制服，膚色黝黑健康，笑容滿是陽光。他看見楊濤對這地方感到好奇，便交代一下這裏的歷史。

「什麼？明明你的校門寫着靈光書院啊！」楊濤問。

Raymond笑着點頭，道：「對！是一所專接收犯過事、守行為的年輕人，或是其他常規學校教導不了、必須轉介過來的『優異生』。靈光書院前身是少年監獄，又曾經是戒毒所，及後十多年前改了制度，又改了用途，成為了崇尚紀律的寄宿學校。」

楊濤隨着Raymond的帶領，走到主要的教學大樓頂層，再步上天台的「遠征閣」──監控室。「帶我上來幹麼？不是要見校長嗎？」

Raymond 招招手，示意跟他走出監控室側門去。

「嘩──！」楊濤從側門出來，是天台的最邊緣，放眼望去已被一片海闊天空的風景震懾住。

Raymond 笑道：「剛收到校長的 WhatsApp 訊息，說楊老教頭要跟先他敘舊，所以吩咐我帶你遊覽學校，然後才去見他。」又道：「這是主教學樓，整座教學樓高七層，是這裏唯一有電梯的建築物。我們現身處的這一邊的天台邊緣，就是教學樓的背，可見它是依海而建，下面就是懸崖峭壁，你看！大海無情，波濤洶湧！怪石奇巖！誰逃誰死！」

楊濤愈聽愈心寒，心想：「我來教籃球而已，幹麼跟我說歷史，更沒理由跟我介紹校園……」不過對方好像樂此不疲，一口氣帶他從天台俯瞰整個佔地極廣的「不正常校園」。以教學樓為南位，也是全校的中心，前為檢閱大操場，再往正前方則是兩個籃球場、一個七人足球場，此外，校園的東面，有一幢樓高六層的學生宿舍，一年級一層。由東面伸延下去是沙灘和碼頭，所有水上活動均在此進行。回首西面，也有一幢樓高六層的大樓，最高三層是教官和教師宿舍，最下三層是洗衣房、飯堂和大禮堂。至於學校正門，就在七人足球場外，楊濤剛才進來時經過的大閘和警衛亭。「我們這裏的規模比得上國際學校。當然，我們的球場和設備都比較粗疏，但這是用來磨練他們的地方，不是讓他們舒服的地方。」

接着，他又帶着楊濤參觀籃球場。「剛才那小子呢？」楊濤問。

Raymond 道：「啊！林天行是嗎？他該回去上課了，今天體育課是扒龍舟。」

「那剛才……」

「剛才是處罰，也是他的打賭。」他指着籃框，道：「我們有校隊，但一直沒練習。有打得不俗的學生，卻沒有齊心比賽的團隊，所以去年校長找來了楊老教頭，經過一輪選拔，最後招收了十二個隊員，其中一個就是林天行，也是主力的得分手。」

楊濤留心聽着，好有興趣知道老爸為何要山長水遠來到港島南區最邊陲的半島，幫忙執教一支名不見經傳又看似古怪的中學校隊。

Raymond 續道：「上星期，林天行的外婆病重入院，他申請外出探望被拒，於是逃學，被同學發現後，我們把他截住了。昨日，我的一位同事上課時說起校史上，有一項未有人打破的紀錄——十分鐘來回短衝走籃五十次，豈料林天行誇下海口，說自己能破紀錄。於是我們請示校長，如果他能破紀錄，逃學處分即時減半！」

「哈……有趣啊！這小子有點意思！」楊濤興奮地笑，追問：「那結果怎樣？」

Raymond 笑着打開電話 WhatsApp 查看，道：「同事說最後十秒，只餘一次短衝走籃，但他跌倒，輸了。」

「哎呀！真可惜！但已經頗厲害了。老實說，我也未必做得到。這小子的體能超勁啊！」楊濤想着想着，又道：「唔……我們太平洋石油隊之中……最快的徐風……或許做得到！」

Raymond也笑着搖頭：「對啊！其實挺可惜，說真的，我們也不想罰他，那次逃學是因為他的父母不在港，沒人簽家長信，我們才拒絕他外出的申請。他的父母早已離異，那次因為他們都各自跟另一半去旅行……唉！我們這裏，九成學生都有家庭問題，否則又怎會犯事？又怎會跟了不良分子？他們在原本的學校，都是老師眼中窮兇極惡的壞學生，或者永遠扶不起的爛泥！」

楊濤沒搭話，也不知如何回應，只知道自己來的目的是教他們打籃球，其他的事管不了，亦不用管。然而他仍不明白，到底老爸為何會選擇這個鬼地方來教，難道真是為了幫老朋友？「堂堂一個著名教頭，應當執教學界或大專界，甚至職業聯賽的強隊，偏偏這老頭臨老才來大發慈悲？」楊濤想着，心中又再一歎。

這時候，Raymond 的電話響起，校長秘書打來，邀請楊濤見面。

當走進校長室，一隻四呎長的比賽帆船模型極搶眼，Navy Blue 船身，Snow White 桅杆和舯舨，還有……「濤，別打這模型的主意，他是徐校長的愛船，征戰七大洋的戰友。」老父楊天齊正坐在校長徐耀生旁邊，二人並排坐在沙發上，一邊喝茶一邊聊天。

徐校長為人隨和，有誰猜到他年輕時是個軍人，退役後是國際級的帆船好手和教練？他主動上前跟楊濤握手，邀請他坐下來，還親自倒茶招呼。「我這位同事叫Raymond，是眾多教官當中的行政主任，很受同學敬重的。」

「過獎了。徐校長，我先回去上課。」Raymond 向校長立正敬禮，轉身離去。楊濤登時一怔，大感好奇。

徐校長解釋道：「這是我們靈光書院的文化，是一直堅持的傳統——紀律！我們的學生最需要的不光是學識，更重要是紀律！人無紀律，豈能自律！如無法自律，社會會如何？法理情三者，沒有先後，但宜因時應變，有時以情為先，或情或理，最後論到公平，則以法作準。然而，紀律是一種禮，是法理情以外的人文精神和素養。不過你慢慢便會習慣，他們由步操開始，由立正開始，由坐正開始，由應對開始，都得像個守紀律的君子。」

楊濤聽見徐校長長篇大論，本就沒興趣聽下去，但當聽見「你慢慢便會習慣」這句，心頭忽地一震，一股不尋常的寒氣從肩背滲透體內，叫他大口大口地倒抽着涼氣，心忖：「不是吧！老爸瘋了，送自己兒子走進鬼域！怎麼來個大整蠱？」

「慢着！」楊濤頓覺事有蹺蹊，立即截住了徐校長，道：「徐校長……我想問問……我慢慢會習慣……是什麼意思？」

老父楊天齊代答：「你留在這裏住三個月，擔任籃球教練及球員舍監，帶領他們打仗，參加八月中的 N.League 學界無限籃球賽。他們靠你啊！」

未待楊濤回應和應承，徐校長接着道：「我原本邀請你父親，但他推卻了。我想你也明白，他年紀大，這種寄宿生活不大合適。於是他推薦你……你放心，我們會給你應得的教練費，還有其他津貼，人工跟你的職業球員月薪差不多……少四成左右。但我希望你明白，這麼有意義的事沒理由只着眼金錢……」

「慢着！」楊濤再次截住徐校長，瞪了楊天齊一眼，道：「我應承老爸來教，但沒應承來住！」又道：「還有，我們職業聯賽十月開打，如今六月、七月和八月在這留宿和工作？我要訓練的，我要參賽的，我要爭冠軍的。我決定——不來了！你另找高人。」

徐校長跟楊天齊使個眼色，楊天齊即時狂咳起來！「咳……咳咳咳咳……」

楊濤冷冷的道：「又咳！你就得這招？那咳吧！咳到吐血才說！」

楊天齊捂着嘴，一副嚴肅的表情，道：「濤！我要你留低！這裏的球員需要你。你的人生經歷是這班學員的寶鑑，他們都愛打籃球，全都是天分極高的好手，但在為人行事上極度自我、乖戾，而且毫無人生目標和夢想，從來都被人看不起、被父母嫌棄、被老師睇死。你，最有資格教他們，你是過來人。」

楊濤被老父的話壓倒了，想起從小到大，跟着老父征戰各地聯賽，被迫接受他的魔鬼訓練，被迫跟着殷耀榮的腳步成長，被各地聯賽的高手白眼，導致他成了一頭真正的籃球惡魔，球技愈高愈張狂，愈離經叛道，因而各地的球壇上都稱他作「壞孩子」。「你變成熟了，不該去想一想、幫一幫這羣跟你同樣迷失的年輕人嗎？咳……咳咳……」

「別咳了！」楊濤沉默着，思索着，掙扎着！

……………………………………………………沉思良久，楊天齊和徐校長都沉靜地等待楊濤給他們回應。

終於，十分鐘後，楊濤重重的深呼吸，才道：「當日我回歸本地，試圖打敗殷耀榮和殷青藍，最後他們改變了我。也因為你——楊天齊總教頭——我的老父，我因而改變了，我倆的關係也修補了。你常說要感謝神啊！說要感恩，又說要回饋。今次，我順你意，回饋，就當是感謝你令我生命中有改變！一個月，我來這裏一個月，如果一個月後這班球員做不到我的要求，我走！」

楊天齊用帶挑戰的口吻道：「一個月……沒問題！你能在一個月內把他們變強嗎？學界無限籃球賽是一個不分區不分組的淘汰賽啊！」

楊濤聳聳肩，一臉不在乎，道：「管他們呢！除非有令我為他們留低的理由，否則我要報答、要回饋、要教導的，都只會是一個月。」

此刻，徐校長打圓場道：「那不如先跟球員見一見面好嗎？今天是星期五，他們放學會回家，星期一早上回來報到。那麼請楊先生由下星期一開始吧！」

「不用等到星期一，就這個星期日吧！我多送一天，請為我準備宿舍。」楊濤一口氣喝光了整杯熱茶，道：「現在我到籃球場去，徐校長，麻煩你叫同事把十二位隊員帶到球場見我。先來送個大禮——短練一小時，練完後才可放學！」

2 暴風少年

「怎樣呀？」

「什麼？」楊濤駕着車離開靈光書院，身旁的老父又乾咳兩聲，道：「我是說剛才你短練了一小時，覺得他們怎樣？」

楊濤似笑非笑，心裏其實很想稱讚父親，忖：「死老頭，果然有一手！那班爛泥在他手上不過半年左右，已練得似模似樣。」

他望了老父一眼，打量着，道：「人稱白髮魔術師的楊天齊啊！怎地活到這年紀，仍想得到別人的讚賞？這十二塊爛泥在你手上都有九個月了，湊在一起的力量足以打敗一支地區的學界冠軍隊啊！你應該繼續教，不用我啦！」

「錯了！」楊天齊輕輕搖頭。

楊濤奇怪地問：「錯？」

楊天齊翻開這十二個球員的檔案，又歎了一口氣，道：「才六個月……三個月而已。以整隊人來計算，集齊所有人進行正式練習的日子太零散，半年間，有幾個犯了事，被判了去感化院兩個月，待他們回來，又輪到另外幾個去，有時他們也要見感化官，或擔當社會服務令，所以練習時間在左堆右砌下，加起來就只得兩個月。」

楊濤冷哼一聲，也搖頭，道：「兩個月變成冠軍球隊！厲害啊！老教頭！」

「又錯！」楊天齊苦笑着，道：「他們從未贏過一場比賽，從未試過分組賽出線，從未享受過打進決賽周的滋味。我沒法帶給他們品嚐勝利的味道。我，老了。」

楊濤聽見父親的一句「我老了」，好像真的感到他發自內心的唏噓。同時想起剛才練習的一小時，十二個球員在操場上態度認真，所有要求的體能和基本功都做足了，按理該是一支不俗的隊伍，怎麼會連一場都沒贏過？

楊父指一指放在大腿上的一個厚厚的文件夾，滿有期盼的跟楊濤道：「你回去好好仔細地看清楚，這十二個球員都極具天分，同時也是全校最難搞的『怪獸級別』學生，未進靈光之前，他們可是原校裏面最惡名昭彰的壞孩子，所以我覺得只有你能勝任，代替我，給他們改變人生的新機。」

「就因為外號嗎？因為『壞孩子』這稱呼，便覺得我能擔任他們的總教練嗎？」

楊濤心想着：「壞孩子教壞孩子……有意思有意思！」

回家後，楊濤認真的翻開文件夾，裏面有十二位球員的個人資料，以及以往的「犯罪紀錄」，一看之下，叫人咋舌！

第一位：林天行——打架王，曾犯傷人案。雙親離異。

第二位：謝武——多次欺凌他人紀錄，單親，與父同住。

第三位：余清亮——曾吸食毒品，已戒掉。前年因偷竊被捕，與父母同住。

第四位：白志源——涉嫌兩宗毒品交易，後因無足夠證據獲釋。父母不在港。

第五位：彭祖明——網上詐騙，判感化令。曾打傷同學被勒令退學，期間轉讀過四間中學。單親，與母同住。

第六位：歐陽山——曾在校內收保護費，自稱三合會「華樂聯」成員，現涉傷人案候查。

第七位：李萬興——Band 1中學轉介生，情緒不受控，曾打傷三位同學。

第八位：游繼標——內地新移民，兩次恐嚇和毆打老師。曾是廣東男子籃球少年代表隊成員。

第九位：司徒子南——曾犯非法駕駛、涉嫌三宗偷車案，與父和後母同住。

第十位：張明——曾多次結黨、打老師，父母離異。

第十一位：華樂進——三合會「華樂聯」龍頭之兒子。

第十二位：王子如——曾犯偷竊等罪行，判感化令，後社工轉介入讀。

楊濤翻着十二個暴風少年的個人檔案，的確叫人歎為觀止，這支球隊肯定是全學界最精彩的球隊。「他們的壞，跟我的壞根本是兩回事。我的壞只在於行為上，他們的壞比我精彩上百倍。」楊濤蓋上檔案夾，上網找了幾齣關於青少年問題的勵志電影，徹夜觀賞以求取經。

「上次短操一次，他們表現不過不失，怎料到他們的底子如此『勇猛』，我還要住在宿舍一個月……看來要找援兵……」

過了兩日，楊濤收拾行李，開始他的新生活。

到了學校，首席教官Raymond領他到教職員宿舍，講解了一般的規則，又講解了校規，之後跟同事們會面，打個招呼之後，便到校長室去，由校長親自講解上課的流程、活動的流程、校隊訓練的情況。整整大半天，楊濤的腦海中都是「規則」、「要求」、「限制」、「界線」——他最討厭的是在此要跟學生一起實行。當然，教官有教官的規條和操守，學生有學生的，不過一樣嚴謹。

「每天下午二時後，就是你的了。除了星期五外，星期一至四，甚至六和日，都可以隨你的便。這十二個隊員的成長報告都由你處理。」徐校長道：「他們全都是中五生，所以中五級兩班的同學會重組一下，其中一位班主任會跟你拍檔，放心，他是負責寫報告和家訪等恆常行政工作，你只管教好他們打籃球，參加比賽，從中也可灌輸一下正確的人生觀和價值觀給他們。」

楊濤愈聽愈心虛，心忖：「正確的人生觀和價值觀？是什麼呀？我有嗎？校長是否選錯了人？殷青藍比我適合……」

徐校長好像懂得讀心，一眼看穿楊濤似的，道：「殷青藍不適合。楊老教頭指定要你，就是你了。哈……！」

「明天是星期一，他們會由班主任帶到籃球場，到時見。你好好準備一下你的……教學……另外，今晚一起吃飯。我們好像一家人，所有舍監、教官會一起吃晚飯，七時正飯堂見。Raymond 會帶着你的。」

回到宿舍，楊濤想起了留學歐洲的日子，父親每天都在體育館，或帶着球隊征戰各地，然後派兩個私人教練每天接他放學，然後到體育館和健身房狂練，不用練習的日子，就只有比賽比賽和比賽。父親有大屋住，卻要踢他到宿舍去，說什麼男仔要獨立和堅強，要自力更生、要刻苦。有一回，他在外比賽，回宿舍途中被人打劫，胸口中了一刀，劃下一道長長的疤，被送往醫院急救，楊天齊不但沒來探望，還跟助手說：「出院後接他到體育館，繼續練習。下星期要出戰青年賽。」

這些生活對一個十四、五歲的青少年來說，父親如同一頭冷酷無情的野狼，不理兒子死活，只求兒子是否有達到他的要求。從此，楊濤也變得愈來愈反叛，愈來愈張狂。如今看着四幅白牆、一張書檯、一個衣櫃、一張為他特製的睡牀，確勾起他不少不堪回首的片段。他忖：「死老頭偏要我想起不快的事，肯定又在人面前誇自己如何要我重新面對過去諸如此類的屁話。楊濤啊楊濤，別輸啊！你手上的十二個兵，要變成精兵，演一齣好戲！」

楊濤推開窗，海風微涼，夕陽在最遠的水平線上漸沉，彩霞漫天，橙紫色的天空，翱翔的飛鳥，偶爾飛快地剪開波浪的遊艇，或造成巨浪的貨輪橫行而過，學校的獨木舟隊和龍舟隊相繼歸航，構成一幅好美的油畫。這時電話響起，正是首席教官Raymond，相約他一起到飯堂晚膳。

3 史上最強二人組

一座南山，十強林立。

早已建立了十多年的籃球強權，從沒因為紅山區皇家籃球學院的崛起而衰落，反而愈加強勢，十強學校在這五年間，輪流霸佔了學界D1聯賽、全港學界冠軍賽的四強席位。天坪學院雖不再是昔日的長勝皇者，卻仍長留全港最強二十校中的首五名之內。至於另一區——紅山區，皇家籃球學院肯定首屈一指，其餘三間國際學府亦不容忽視，去年奪得分區賽冠軍的格林·澳洲體育學校、前年「全港學界無限籃球賽」紅山區冠軍英國國際書院，連同今年全港學界冠軍賽分組冠軍嘉美國際商科學院，全都擁有超強實力，跟皇家籃球學院組成了「紅山四皇」，跟「南山十強」分庭抗禮，更讓本地學界籃壇進入了新的戰國時代。

星期天下午，維園的籃球場是港島區其中一個英雄地，當中臥虎藏龍，偶爾又星光熠熠，有球星到場，吸引了不少球迷欣賞。「你真是個籃球癡漢！林天行，走吧！報什麼仇？」一個 Skin Head 的壯男，倚在籃球架旁，點着香煙猛吸！

另一個 Skin Head 高個子只顧玩手機遊戲，冷冷抛一句：「唉！林天行，算吧好不好？別人的一句話，你何必放上心？小器鬼，走吧！一起打機！」

被二人揶揄的林天行沒搭話，站在罰球線上，專心一致瞄準、出手、命中。他指着吸煙的壯男，罵道：「彭祖明！你不是戒了煙嗎？我們立過誓，永不會再吸！」

「吸毒就要Say No！我吸煙而已！」彭祖明遞了一根煙給打着手機遊戲的瘦個子。

「歐陽山，你別接！別吸！」林天行用力一擲，帶勁的籃球直往歐陽山的頭轟去。

「混蛋！我一向不吸，你不知道嗎？運動員是不吸煙的！」歐陽山擋開了籃球，一手推開引誘他的彭祖明，道：「你承諾過戒煙就別狡辯！」

彭祖明聳聳肩，輕佻一笑，道：「我媽也承諾不再爛賭，昨天才打通宵麻雀啦！承諾，幾錢一斤？」他邊說邊望着林天行，心中虛怯起來，又道：「唉！是了是了，不吸便不吸，別煩！看見你的認真模樣，便想起我老爸！煩死！」

歐陽山提起背包，拾起籃球，催促着：「那行啦！一起走吧！」

「不！我不走，你們先走！」林天行伸出手來，示意歐陽山給他籃球。

彭祖明上前一步，搭着林天行，道：「兄弟，講真，算吧！他們不會來的！來了又怎樣？還輸不夠嗎？你是誰？他們是誰？你知道嗎？」

「我管他們是誰？我是林天行，靈光書院得分後衛。」林天行斬釘截鐵，肯定自己。忽然，一把聲音從後傳來，夾雜着滿有輕視的嘲笑：「靈光書院是什麼學校？在哪？從沒聽過！是 D3 組別嗎？」

林天行三人回頭望去，只見六個少年拍着球，進入了他們的「場地」，要來「踩場」！

這六個人當中，就有兩個是林天行不肯走的原因——天坪學院首席得分後衛易之朗、小前鋒洛家揚。

林天行跟歐陽山和彭祖明道：「果然來了！你們要走，現在就走，但我一定留低！」

說罷，他轉身面對來犯的六人，毫無懼色，挺胸傲立，道：「終於等到你倆了！」

「是嗎？等我倆幹麼？想偷師？歡迎啊！你和你的兄弟靠邊站，慢慢欣賞！」易之朗態度囂張，輕易惹怒了彭祖明。「怎樣！臭小子，想打麼？」彭祖明向來衝動，若林天行是打架之王，他就是打架之霸。

「打架？我們的雙手好貴，會用來打籃球，不像你，一頭蠻牛，除了打架，你懂打球嗎？」洛家揚繼續挑釁。

「怕你不成！來吧！」彭祖明丟下書包，邁出大步走進場中。

易之朗對林天行道：「你呢？等我就只為這一刻吧！二打二如何？上次被我倆蹂躪完後上了癮嗎？」

「喂！林天行，你變了！」洛家揚冷冷的道。

變了？看來這三人都不是新相識。

「初中的時候，你一不順意便打人，現在竟然懂得收手？」洛家揚續道：「你當年打班主任和教練，被趕出校之後便消失了。上次在這重遇你，只顧打敗你，忘記關心你的近況，想不到原來去了專收廢柴的靈光書院。」

「講夠沒有？」林天行道：「我不是收手，而是在儲怒火，準備在籃球場上燒死你！」

易之朗冷笑一聲：「林天行，別天真。你知道站在眼前的我倆，是天坪籃球史上得分最多的二人組合嗎？聽清楚！是南山十強之首的天坪學院籃球史上得分最多的進攻組合！」

「哎呀！算啦！別在他面前說這些！當年他是N.League少年組的最有價值球員，我們要有禮貌，叫一聲前輩！」洛家揚已走到三分線上準備開球。

二打二，十二分制。

歐陽山站在一旁，替林天行和彭祖明打氣。對方的幾個朋友也站在一旁，欣賞易之朗和洛家揚如何再度踐踏昔日的「老友」。

洛家揚控球在手，比他高一個頭的彭祖明企圖用強壯的身體力逼，豈料這個五呎十一吋高的小前鋒馬步極穩，運球重心亦低，速度極快！他一個 Crossover 運球加 Spin Move，已經把彭祖明弄得團團轉。幸好林天行補位快，看準了洛家揚的切入路線，封了他的去路！但說時遲那時快，易之朗已人在半空，接應洛家揚的「拆你屋」傳球，單手入樽！

2：0。負方開球。

林天行絕非庸手，幾年前的他是天坪學院少年隊的首席球員，是 N League 少年聯賽 MVP（最有價值球員）。論速度、論耐力，他一點都不輸蝕——晃左切右，是他的招牌變速動作，一下子化成閃電，開步上籃——砰！

易之朗把林天行的球硬生生拍下來！

彭祖明搶到籃板，強行爆籃！

「砰！」洛家揚從後又一記「火鍋」（封阻），再度把球拍走。易之朗拾起來，三分線上佯裝出手，卻快傳了洛家揚，遠程三分炮發射——命中！五比零！

「只懂快！沒用！我早看穿你只得一招！這些年來，你的技術看來沒進步過！」易之朗把手湊近嘴邊，輕輕地吹氣，道：「我手感正熱，你小心點啊！」

洛家揚也向着彭祖明道：「喂！大舊衰，別再用你肥厚的身體撞我好嗎？六呎四身高，三呎二智商啊！你道我是誰？太平洋五王之一——徐風是我師傅！我是徐風二世。」

林天行沒理會洛家揚和易之朗的垃圾話，專注地觀察着他們的動作，嘗試找出破綻，可是二人的進攻不但流暢，簡直流麗！他千辛萬苦地利用彭祖明的單擋，才投進一記中距離得兩分——12：2。

最慘的是彭祖明的確佔了身材的優勢，搶到了籃板卻永遠補籃不進，那種生疏得可怕的手感叫他愈搶到籃板便愈驚，慌忙亂交，被易之朗通通截去。「最後一球了！」他站在三分線上，林天行飛身封截，易之朗見狀也心中一驚：「跳得很高！」

此時，洛家揚切入接應，彭祖明從後追來——「追不到了，看我的！」

洛家揚走籃——砰！

「噢——！」場外觀眾一同驚呼，林天行從彭祖明身後搶過來一躍，把洛家揚的球封死了，一拍便拍出三分線外！

「彭祖！搶球呀！」林天行大喝。

彭祖明回身一看，已見易之朗衝到四十二度角的三分線上搶球，然後優雅地起手，讓這一記三分球絕殺成為比賽的句號。

任彭祖明飛身封阻，易之朗只是微微一笑，笑這個沒腦袋的巨漢撲個空。

最後比數是12：2，天坪學院史上最強二人組：完勝。

賽後，彭祖明心頭火起，想抓着洛家揚來打。林天行和歐陽山立即上前把他拉住！「別衝動啊！彭祖。」歐陽山抱實他，不讓他亂來。

得勢不饒人的易之朗道：「林天行，你等我倆只為輸球？哈……上次是12：0，今次12：2，算有進步了！」

林天行沒發作，冷靜的道：「『學界無限』籃球賽，到時決賽見！」

「吓？什麼？哈……別笑死人，你們靈光憑什麼打進決賽？無限，代表不分區不分組別的廝殺，我想啊！幾百隊進行淘汰賽，你們一早就成了炮灰。還好說決賽見？好啊！我等着！」易之朗吹着口哨，續道：「如果你仍在天坪學院，會有可能，甚至我們三人組合起來，會是很恐怖的進攻組合，可惜啊！如今……」

洛家揚笑着插口道：「如今你在一支……垃圾隊！回去執垃圾吧！」

「你還說！欠揍啊！」彭祖明推開了歐陽山，一步一怒火的衝上去。

林天行橫移兩步，擋在他面前，回身一拳正中腹腔，彭祖明登時氣窒，跪在地上。「我們回宿舍吧！明天練球，一個都不許遲到！」林天行扶起彭祖明，跟歐陽山一起離開。

洛家揚、易之朗和他的朋友呆在當場，不約而同地回想剛才林天行的一拳，力度何其猛烈，連一頭六呎四巨牛都給打倒，如果這道力用來入樽……籃框不堪設想，命危！

「今日慘敗，只為明天的勝利！」林天行回到宿舍，跟隊友們分享今天的經歷，道：「我們要幹一件事，一件令人刮目相看、奪目耀眼的事！我不要再被人看不起！」

第三章：廢柴同盟

1 約戰壞孩子

六月暑天，天地恍如洪爐，近海的靈光書院還好，偶然有陣陣海風吹來降暑。對一眾學生而言，最好的解暑方法就是下水。靈光書院向來以水上運動著名，每位同學最少要選擇一項水上運動，獨木舟、滑浪風帆、帆船，而龍舟更是全體必修的體育課。一直以來，他們培育出不少獨木舟和風帆選手，在各項比賽中都能獨當一面，加入港隊。校長曾向傳媒談論過，學校着重紀律訓練，透過水上活動、山藝活動、野外訓練等方式，助同學建立自信，讓這一班被外人視為邊青的青少年重拾人生目標和理想……

楊濤換好了球衣，站在球場上等待班主任拍檔帶隊員到球場，他手上拿着學校的一份報道，關於這所學校的介紹，頗詳盡，亦仔細，令他對這學校添了幾分好感。早兩天他不停地閱讀隊員們的個人檔案，竟給他發現了三個共通點：

一、水上運動項目全都僅僅及格，甚至不及格，有些連游水也不大懂。

二、所有檔案的最後一頁備註上，都印有*****五顆星，是全校累積最多犯規的同學類別。

三、全都曾經是其他學校的籃球校隊成員，有些更是學界知名的強隊，內地的青少年省代表隊。

「難怪老爸讚他們有潛質，但為何連外圍賽都未贏過？」楊濤正沉思想着，班主任已帶領一班隊員緩跑到來。

「全體立正！敬禮！」班長林天行發號施令，全體隊員立即向楊濤敬禮。霎時間，楊濤不懂反應，看見十二名隊員像警察一樣挺胸立正敬禮，叫他感到不知所措。

旁邊的班主任Madam Wong輕聲提示着：「你要回禮，他們才會放低手，然後就由你處置了。」

楊濤依言敬禮，隊員們才回復「正常」。「果然在訓練紀律……」楊濤心忖：「挺乖的，又有禮貌！」

凡事不能光看表面，楊濤對他們的良好印象在五分鐘後完全改觀。Madam Wong離開前，囑咐了一句：「楊教練，記住嚴謹一些。全隊人只得三個想跟你練習！能否帶領他們團結，考你功夫了。」

楊濤從沒有教人的經驗，乍聽班主任最後留下的這句話，也不怎麼放在心上。對他來說，一切都在掌握之中，可是當全體隊員輕輕繞了球場跑三個圈，做了一些拉筋的熱身動作之後，他已診斷出這支球隊為何從未贏過！

對於經驗尚淺的教練來說，好多時候都只憑直覺做決定，未必會從球員的個性、體質，以至球隊的形勢來作衡量和抉擇。幸好楊濤一直都有超強的直覺，更幸運的是，他從小到大都有很多經驗豐富的國際級教練在身邊指導他、訓練他，特別是他的父親，人稱白髮魔術師楊天齊，十幾年來每天風雨不改的訓練和比賽，早已潛移默化地灌輸了許多教練經驗，植根於他的腦海。近年，他隨着殷耀榮四出征戰，間中亦有指導新加入的球員，對新人的教導亦早給他執教的經驗，如今正好用在這班從未被寄予過厚望的年輕人身上。

「各位，圍過來，站好！」楊濤指示他們幾條來回走籃的路線，要求在傳和接之間的串連，配合走位的位置，最後完成上籃。眾人看見他在戰術板上來來回回的不怎麼明白，卻因着面子，口硬地說：「好易，明白。」

「真的？四角傳球後上籃，之後轉三線八字快攻走籃，為之一個來回，中間不可以讓球着地，不可傳失，不可走錯一條路線，否則你們會撞車般連環相撞！真的明白？不用我多講一次？」楊濤問。

「講是沒用的，最重要是做得到！」十二人中比較喜歡抬槓的就是華樂進，他總恃着自己有「背景」，經常口出狂言。

「教練，今天是第一課，你立即要求我們明白這些複雜的走位路線，還一定要成功做到，會否要求太高？我怕我們做不來！」張明是隊中最沒信心的一個。

華樂進搶着道：「車！有多難？我以前在皇家籃球學院時，比這些更複雜高深的，也輕而易舉地做到。張明，你跟在我後面，看我如何走一條完美快攻路線吧！」

楊濤看看眾人，從他們的眼神中看出不同的心態。有些跟華樂進一樣自大，只是選擇不多話，有些像張明般似懂非懂，有些則專心一致地聽着指示，嘗試消化，有些根本聽不進耳，三個大字——「不、懂、得」鑿在前額，但求馬馬虎虎跟着做了就是。這時，楊濤開始「壞孩子」上身……

隨着眾人半生不熟的走位，楊濤一言不發的提着籃球，走進球場中圈，正好就是所有球員的必經之路，不論是第一條路線，還是第二第三甚至第四條路線，也得經過楊濤所站的位置。球員當然未知發生何事，只知道每次都差點撞上教練，每次都要避開他才能繼續走下去，直到華樂進憤然發難，眾人才停下來！

突然，楊濤右臂鼓勁，抓緊籃球用力一擲，朝華樂進的面門轟去，勁道猛如炮彈，只聽見華樂進「哇」一聲，便倒在地上，掩面叫痛！眾人登時呆着，望着楊濤的冷面，黯黑色的殺氣擴散四周，直如籃球死神般一步一步走近在地上痛得打滾的華樂進，所有人不禁退了幾步。此刻，隊友們心想：「我們都非善類，以前、現在，都沒有人膽敢如此對待我們，但這頭怪物……六呎八高的紅頭怪物，好可怕！」

華樂進感覺到楊濤的殺氣，縱想發難，已然不敢。「你走……走開！我不要你教！打人呀！教官打人呀！」

楊濤一手抓住華樂進的後頸，另一手托住他的腰，將他整個人高高舉起，任他如何掙扎都無法自救。「華樂聯？黑幫嗎？你老子我在歐洲打球時，跟黑手黨吃飯吃大的！你唬我？」

「不不！救命！對……對不起！對不起呀！」華樂進慌了，四肢亂揮亂踢，哭聲遍全場。

這時隊友們圍上來為他求情，但楊濤沒理會，還冷冷的道：「想救他？沒問題，照我剛才所指示的來回傳球快攻路線，多走五十次，我才放他！還有，一次都別走錯！每一次傳球、每一條線道、每一個走籃都要成功！我要零失誤，如果失誤，從頭再計。」

隊友們聽見五十次已經大吃一驚，還要連續五十次都要成功，否則從頭再計算起……「我們……行嗎？我們……未熟啊！我們……好多失誤……」

「哼！不幹了，根本不可能！算吧！我不打了。」第一個選擇退出的名叫謝武，身形矮小卻速度極高，也曾經是南山十強中的強隊球員。

隊中有幾個見謝武率先「罷工」，也開始想跟從……謝武又道：「拿華樂進威脅我們？呸！我被嚇大的！你有種便把他殺了就算！我跟他從來不熟！」

說罷，他轉身離開，兩個隊友也跟上去。

「喂！謝武嗎？」楊濤叫住了他。

「什麼？」謝武身高五呎六，回身面對六呎八的楊濤，氣勢卻不輸蝕。

楊濤嘴角輕揚，似笑非笑，道：「你懂得那四條進攻路線？」

「懂得又如何？」謝武道。

「你覺得五十次好難做得到？」楊濤語帶挑戰。

謝武冷哼一聲，道：「難！我們十二個人絕不可能做得到連續五十次不誤！你根本在玩我們。白志源、余清亮、李萬興三個，每次都失誤，四條路混合來回走位，對這三頭蠢豬來說實在太難，他們只會拖累我們，肯定做到吃飯都未做完。」

「你說誰蠢呀！」

「你才是我們的負累！死矮仔，懂得走位好有用？你每次傳球都傳得差，我才接不住！」

「你走吧！反正我們是正常人類，不跟矮人族一夥的。」

白志源、余清亮、李萬興三人同時開火，更衝上前去揮拳便打！

幸好，隊中打架最強的林天行出手了！

「住手！我們是來打籃球，不是打架！你好想打？跟我打！」林天行後發先至，單手擒住李萬興的右肩。

與此同時——「喂！」華樂進痛苦大喊！眾人循聲望去，看見他被楊濤帶到中圈，硬生生的站好，兩肩給楊濤壓着，動彈不得。

楊濤道：「矮仔！敢接受挑戰嗎？若你贏了，我辭職。」

林天行推開了李萬興，指着謝武，道：「武，算吧！認一句錯又有何難？」

謝武瞪着林天行，怒道：「錯？我哪有錯？我們每次都做對了，偏偏幾隻蠢蛋連累我們，不吭聲怎麼行？」又道：「你的火在哪？這紅頭分明留難！」

「紅頭，我怕你？講！有何玩法？」謝武快步走進球場，其他隊友跟着……

被楊濤抓住的華樂進顫抖着哭，兩肩被抓得極痛，還好像聽見肩骨碎裂的聲響。

楊濤輕聲在華樂進耳邊道：「你老子我一向都瘋瘋癲癲的，你一是聽我話，以後練習時要乖，一是退學。」又道：「我知啊！你的事我全知道。若給你老爸知你退學，肯定打死你。」

「不……不……嗚……對不起，我以後……會聽話！」華樂進一向都怕父親——華樂聯老大。「他一定要我唸完中六畢業，如果連這裏都趕我走，我必死無疑。」

別真的以為楊濤是個瘋子，從他翻開這十二個球員的檔案開始，他已經知道接下的是老父給他的挑戰，所以他毫不怠慢，做足了功課。當看見有一個黑幫老大的兒子在隊中時，他已決定並鎖定第一個要收服的人就是他。而謝武，將會是第二個！

「我教的四條來回快攻路線都有共通點，是吧！」楊濤道。

「哼！你把我當白癡了？蠢豬是看不到破綻的，但我啊……一眼便看得穿！」謝武指着華樂進所站的中圈位置，耀武揚威地道：「你剛才故意站在中間，不就是告訴我們，四條路線都要經過這個中轉站嗎？是那幾頭蠢豬看不通。只要一看通這點，四條路線運行和變化根本一目了然！」

經謝武一點出來，那幾個對路線不明不白的隊友竟能想像到一幅完整路線圖出來，無不心中暗讚：「這個教練好厲害，原來每條路都有此等變化，只要我們走熟了，每次快攻便可隨機變換，令人防不勝防。」

轉念又想：「謝武也好厲害，一語便能道出重點所在，怎麼我完全看不通？」

對林天行、歐陽山、彭祖明、張明、王子如和游繼標等名校高手而言，雖訝異於楊濤所教的快攻走位高深精妙，卻仍是容易理解，只要多走兩遍就能摸通底蘊。可是，謝武口中的幾頭蠢豬如白志源、余清亮而言，他們從沒正式接受過正規球隊的訓練，終日在街場鬥牛，就算能打出一身極棒的個人技術，卻無法適應全場的走位，無法配合隊友，更遑論參與全場比賽的攻與守，證明個人技術再精湛也好，沒有團隊意識的話，只會打得更糟。

「啊！失敬失敬，我忘記了你們十二人中，有七至八人都曾經是D1籃球強隊的球員啊！什麼天坪啊！匯天啊！馬爾高啊！皇家啊！呵……我教的東西太淺了嗎？但為何你們剛才的練習，十次有四次都失手呢？」

「因為……」謝武欲反駁，楊濤已截住了他，搶道：「對對對！因為有幾隻蠢蛋級別的隊友，他們空有一番好身手，卻無全場走位的經驗，是嗎？」

「那當然了！」謝武堅定的道。

「呸！你們這班所謂高手如果真的那麼強，便該有能力提升比你弱的隊友，有足夠胸襟包容比你差的蠢豬。你做不到，就連蠢豬都不如，至少這幾頭蠢豬從無反駁，聽從指示，失誤了懂得道歉，懂得知恥。」楊濤爆發了，緊張起來時，額上青筋暴現，幾欲殺人，被他抓緊兩肩的華樂進只感到肩頭劇痛，以為被一隻巨鷹狠狠抓住。

謝武被他一輪搶白，也不知如何辯駁。待楊濤鬆開兩手，拍拍華樂進的肩，道：「華同學，沒事的，今晚搽些藥酒就好。」又轉頭向着謝武，指着他，道：「你若有本事，請在我四條快攻路線之上再多設計一條出來，然後令全隊人一同按着你所設計的進行快攻練習，記住，你的第五條路線要能夠融入我本身設計的四條當中，怎樣？夠膽接受挑戰？」

「嘩！那是大挑戰！我以前學的快攻路線不過兩條，今天多學了兩條已夠我頭痛，還要學第五條？況且謝武……他行嗎……」稍有經驗的歐陽山不禁在林天行的耳邊輕聲道。林天行也正擔憂着，回應道：「最難的是融合啊！新設計出來的快攻路線要跟前四條結合成一個體系，讓我們練習時按着五條線的變化來走，真的好高深。」

「怎樣？考慮了大半天啦！不敢接受挑戰，想一走了之的即管轉身離開，別忘記，不是你放棄球隊，而是球隊、教練放棄你。」楊濤厲聲道。

謝武望望四周的隊友，笑了笑，心生怯意，忖：「這紅頭鬼故意為難……新的快攻線該如何……」

正當他未敢回覆之際，有人請纓幫忙。林天行走到謝武身旁，對楊濤道：「教練！我也想接受這個挑戰。」

「你……？」謝武想不到林天行會替他出頭。

林天行續道：「教練，我們一隊人好應該一起承擔。既然你給我們功課，就由我們一起來做，行嗎？」

楊濤心中暗喜，忖：「林天行這小子果真具備當領袖的條件。」他道：「謝武，既然林天行說要幫手，那你意下如何？」

未待謝武回應，竟然同一時間，幾個隊友勇敢站前兩步舉手——

「教練，我也幫忙。」——歐陽山。

「教練，我也是。」——張明。

「教練，我也懂得一點點，可幫忙。」——王子如。

「教練，我一向擅長打快攻，可以幫忙的。」——游繼標。

看見隊友們奮身協助，謝武的心內忽地有一股熱血直往上湧。他們互相擊掌，互相嬉笑。「阿武，想退出？別想啊！你有我們撐呀！」「阿武，我們初中時都是校隊主力，如今我們要合力打敗紅頭怪呀！」

「哈，你都有很多朋友啊！」楊濤冷冷的笑着，把手上的戰術板交給謝武，又道：「明天四時，你要設計出來，大家亦要跟着做到，五條快攻線大融合啊！夠你們想三天三夜。」

林天行拍拍心口，眾人亦挺起胸膛，一臉同仇敵慨。謝武看見隊友們的力撐，便自信滿滿的道：「明天，在這裏見。你準備跟校長辭職吧！」

2 一夜長大

楊濤沒再理會球員，自顧自的轉身返回宿舍。一眾球員圍在一起，拿着他留下的戰術板開始琢磨，指手畫腳的在場上不斷嘗試演繹，務求推陳出新。他們渾不知道這一切都有人看在眼裏。

教學大樓的天台上，校長和首席教官Raymond正在俯瞰球場上這幫壞孩子。徐校長在笑，他的笑聲值得咀嚼、思考和細味，是一種滿有智慧的笑容，似乎很滿意自己找一個紅頭怪來當教練，教官Raymond亦領會到徐校長的笑聲中有點頑皮、有點得意。「校長，看來楊天齊老教練的介紹沒錯，他的兒子是最適合的人選。」Raymond道。

徐校長抬頭望向遠遠的天邊，時值日落，彩雲上幾隻鳥在天空盤旋。他忽有所感，道：「鳥要懂得高飛，生命才有意思。」

「對！世界很大，他們見得太少。」Raymond輕輕點頭，道：「希望楊濤能夠救人又自救，別辜負老教練的一番心意。」

徐校長輕描淡寫地擦擦手掌，安然道：「看來楊天齊未跟兒子提及過他的病情。」頓了頓，又道：「幾十年老友，幫到的，一定幫。」

Raymond跟着徐校長一邊離開天台一邊打電話給楊濤，道：「楊教練，吃晚飯了，飯堂見。」

只知楊濤在電話裏頭應了一聲，便匆匆掛了線，卻原來楊濤正跟殷青藍通電話。「喂！會否太急？第三課便來一場友賽？聽聞他們從未贏過，你又剛上任，若果輸了，我怕他們大受打擊。」電話的另一邊是殷青藍，他剛參與私人特訓完結，便收到楊濤的來電。

楊濤冷哼一聲，道：「我這班全是自以為是的壞孩子，講真，他們早已名聲敗壞，自尊全無，自信心低卻又假裝自大，我正要他們面對自己最陰暗的一面。當初我還不是走過同樣的路嗎？若不吃過苦，沒有衰到貼地，豈會自省？豈會知恥近乎勇？」

青藍聽着也覺有道理，明白有些年輕人一直以逞強來逃避自己的懦弱，或者當慣了「門口狗」，夜郎自大，只有狠狠教訓一頓，才有機會逼出他的潛力來。「那不如這樣吧！我有一隊D2西區的中學冠軍隊，星期五可以到你校來一場友賽。」青藍道。

「不！我要D1南山十強其中一間！你替我想辦法吧！」楊濤堅持要找來一支學界頂級球隊，青藍想了一會，道：「不如匯天吧！我跟他們的教練有點交情。但不敢應承你，始終……對匯天來說……到訪你們靈光，他們會覺得……」

「覺得我們未夠資格跟他們一鬥？」楊濤直截了當，道出青藍的想法。

「唔！」青藍老實不客氣，道：「如果匯天是我執教的話，我一定會幫你，但可惜啊！對方教練……你道是誰嗎？陳正開——連續兩屆學界D1最佳教練。」

乍聽陳正開之名，楊濤好像沒甚反應，腦裏正搜尋着這個人的樣子，卻無法找着。他道：「未聽過，未見過，他是誰？」

「陳正開，你沒聽過？」青藍語帶訝異。

楊濤冷哼兩聲，道：「未聽過又如何？我都沒教過中學球隊。況且不認識他又沒有損失，我要贏的是他的球隊，不是要贏他！」又道：「而且我根本想輸，最後把我的學生徹徹底底的轟個稀巴爛，我才可以開始我的『地底泥特訓法』！」

殷青藍忍不住笑起來，心中佩服楊濤這種不折不扣「天上地下，唯我獨尊」的壞孩子個性，就是夠瘋夠狠才可以執教靈光書院吧！「沒問題，我替你安排就是。我現在沒空，女朋友有小型音樂會，我要撐她！」

掛了線後，楊濤走到飯堂，徐校長和一眾教官都開飯了，等到他來的時候，一起邊吃邊講，好不高興。當談到球隊的操練時，徐校長問：「楊濤，你說在此留一個月，如果他們沒進步，或你教得不開心，你便會走！對不？」

楊濤點頭道：「對啊！不過……我又改變主意了。」

Raymond 跟徐校長交換一個眼色，心中一樂。徐校長問：「改變主意？何解？」

楊濤笑着道：「哈……他們挺有意思，好玩！我想繼續！還有……三個月後的學界比賽，我要他們拿到人生第一面獎牌！」

此話一出，眾人皆靜！

楊濤剛才的一句話，確是語不驚人死不休，就算一眾教官沒說出口，心中都是同一句：「哼！別說笑了。誇下海口都要有邊界，別信口開河了！」

「他們不知嗎？」楊濤雖瘋，卻仍有極高的鑑貌辨色能力，看見眾人的眼神和似笑非笑的假面，不但沒有不快，反令他更興奮，心忖：「我最喜歡令人跌眼鏡，你們儘管笑我瘋吧！」

「老實說，你……有信心？」Raymond 坐在楊濤身旁，滿有熱誠的問。

眾人同時看着楊濤，想進一步看他怎樣回應。

「哈……既然大家有興趣知道這十二塊爛泥如何在未來的比賽中奪獎，不如跟我走一趟吧！反正大家都吃飽了。」楊濤站起身，作個邀請的手勢，對徐校長道：「校長，想走走嗎？」

徐校長問：「去哪？」

「上天台！」楊濤領着一行十二人，慢慢步上樓梯，走到天台上，俯視昏黃街燈映照下的籃球場。

楊濤壓低聲線，道：「大家隨便看，別作聲，別讓他們知道天台有一班教官正在監察他們。」

靈光書院規定晚上八時後，學生要返回宿舍自修，所有球場會關燈，只有四個角落的街燈亮起橙黃色的微光。眾人往下看去，卻見十多人在籃球場上走來走去，帶着球傳來傳去，而為怕發出聲音，寧願把籃球擱在一旁，然後又再走來走去……

不懂籃球的人會用「走來走去」來形容這班偷進球場的籃球隊員，但懂得籃球的，一看便知他們正在演練一些傳球路線，一些戰略上的走位配合。「他們在幹什麼？

偷進球場犯了校規！」有教官道。

徐校長在笑，Raymond也在笑，道：「所以楊濤叫我們別驚動他們。犯校規？我們不作聲，他們不被發現，就當沒犯規了。」

出自鐵面無私的首席教官之口，其他教官都沒再多言，專心觀察球場上的同學。

「他們幹麼一時在場上走來走去，一時又圍攏一起商量，是設計戰術嗎？」徐校長問。

「他們正在接受挑戰！要團結一幫人其實很易……」楊濤笑着說，並把今早練波的事一一告知大家。又道：「那麼你們都明白到，獎牌，一早在我們手中！」

回說場上，林天行和謝武擔當了球隊的策劃者，其他隊友都專注起來。他們深知道為了面子又好，為了爭口氣都好，總不能給楊濤看不起。說到底，他們好歹都曾經是籃球員，說到底，他們本身系出名門，如今要證明給紅頭怪看，他們也有一定的籃球智商。

不過當他們在戰術板上左畫右畫之後，便發現楊濤留下的難題，足以反映他的而且確是一等一的高手，四條快攻來回走位路線環環相扣，十數種變化可以同一時間，隨着不同位置演變出來，叫這班年輕人不禁讚歎！「嘩！今早只懂跟着走，沒時間仔細思考，想不到教練指示的四條路線，如果我們走得熟，已經夠贏了。」彭祖明在戰術板上指指點點，又道：「如何設計出能融入這個體系的第五條路？」

彭祖明說得沒錯，楊濤所教的並非一般戰術，同時要求隊友極聰明，才能看出當中的種種變化。自剛才練波之後，謝武、林天行、游繼標等人都不停地鑽研，在宿舍內模擬球場的走位，好像想出了一點點，卻又說不上來，總覺得要站在球場上才可看清這盤棋該如何下。於是，彭祖明和歐陽山建議偷偷走到球場上練，終於過了三小時……

「喂！喂！我突然想通了！」此時，林天行似有所悟，謝武亦差不多同一時間看出了一點點端倪。「四條路線的中轉都在中線，如果我們的第五條設定在第四條路線的中轉之後，將本來形成的前後快攻，在此多轉一球作後浪攻擊，演變成三線快攻，不就行了嗎？」林天行在戰術板上畫着，隊友們看得清楚明白，謝武也拍手叫好，道：「對，經過中線，轉換成八字快攻，形成三線，好像三支箭頭同時攻向對方……」

「那還等什麼？試一試吧！」歐陽山率先走進球場，道：「我們由六點琢磨到現在，足足三小時，別浪費時間，十時前要回宿舍睡覺。各位，快！」

天台上，一眾教官也返回宿舍，只剩下楊濤和徐校長。

楊濤問：「校長，你信嗎？」

「信！」徐校長道。

「真的？你不覺得我在胡扯？」楊濤笑着道。

「哈……我等你們上台領獎的一天。」徐校長說罷，拍拍楊濤的肩，慢步離開。楊濤也跟着他，當作什麼都沒見過一樣，若無其事，回宿舍倒頭便睡。

翌日，練球時間，楊濤看見一班自信滿瀉的年輕人在球場上自發地練習，心中暗讚。「怎樣？用你們設計的第五條快攻線道，融入我設計的快攻體系，來回走五十次給我看！記住，別失誤啊！」

謝武不再像昨日那麼囂張狂妄，收歛心神跟隊友交換眼色，逐一擊掌，而向來多嘴的歐陽山走到楊濤面前，道：「教練！」

「什麼事？」楊濤望着他，又望着眾人。

歐陽山深深吸一口氣，認真的道：「我是代表全隊的發言人，我想說……說一聲多謝！」

「多謝什麼？」楊濤心中早知他們想說什麼了，心裏不禁讚許自己：「我果然是天才教練，上了一課而已，他們便跟我說多謝。哈……老爸啊老爸，你的兒子我是個天才呢！」

歐陽山續道：「我們昨晚練了很久，發現你教我們的戰術很有用。」

楊濤做個手勢，截住歐陽山的話，道：「慢着！你不是想說，我的戰術很有用，但你們仍未掌握吧！」

未待歐陽山回應，站在身後的林天行已道出原委：「不是！我們學懂了，連幾隻蠢豬都懂了。不過不但如此，我們還想到方法，把你設計的四條快攻路線一一切斷，當然你的戰術的確有用，只是我們後來想了又想，如果能在你的戰術上找到破綻，我們便能作出更新和強化。」

楊濤一言不發，聳肩微笑，揮手指示大家走進球場內，道：「舉一反三真厲害，誰想到的？」

「是游繼標！」林天行道：「他說在國內的省隊訓練時，教練都有把你的戰術教過六七遍，也教過如何破解，於是我們昨晚又再研究了一會。」

樂透了，楊濤的內心極高興，滿以為要花一段日子才能收服十二個壞孩子，豈料不用兩天，這支毫無勝算的爛隊非但沒有頹廢難教，反而有點卧虎藏龍的感覺。那麼事不宜遲，楊濤把球交給林天行，道：「別光說不做，來！展示給我看。」

謝武指示眾隊友各自站好位置，自信心爆滿，道：「打低紅頭怪！Go！」

眾人起動了，先由林天行啟動全新的快攻戰術體系，眾人配合着走位、傳和接極度流暢，先完成第一條快攻路線走籃入球，隨即底線開動，往另一邊的籃架跑去，同時轉變成第二條三線快攻戰術，弧形走位配合中間策應快傳，成功上籃之後立即由另一組隊友接上，以四傳上籃的長傳戰略完成第三條快攻路線。

楊濤看在眼裏，心中暗暗喝采，忖：「對啊！這套走位戰術一經施展，就會令每個人的默契自然而然地生出來。好啊！那我就看你們有多少斤両，可以設計出第五條快攻路線，又如何破解我的走位秘訣。」

此刻，楊天齊老教練的一句話不期然在楊濤的腦海浮現：「這十二個犯事纍纍的青年人，都不是大奸大惡之徒，只是曾經迷路的後生仔，他們仍然有火，我教了他們一段日子，最大成就是在他們的心內點燃了火種。濤，接下來就得由你把他們的熱火全逼出來啊！」

楊濤一邊觀察，一邊忖道：「看上去，這幫壞孩子當中不乏天資優越的球員。林天行、謝武、游繼標、王子如、彭祖明、司徒子南、歐陽山，都不俗！」

球場上，隊友們來來回回的走了差不多二十二遍，暫時一次失誤都沒有。昨天練習時，大家的傳球總多錯失，今天忽地精神奕奕，每一球傳得不偏不倚，到位又到手，更證明楊天齊所說的，點起了他們的火，才會見到真正的球員。「他們果真想到了

第五條路線，利用第四條路線最後上籃的一步，抓下籃板長傳中線，分邊、快傳、切入、後上，乾淨利落。」楊濤心忖。

到了第四十九遍，尚餘一遍來回快攻，便能達到楊濤的要求之際，謝武突然朗聲叫陣：「破！」

隊友即時應聲變陣，五人快攻的同時，另外三人突然加入陣中防守，急速回防，還聰明地分站在進攻一方的傳球必經路上，好像三柄快刀，同時斬斷對手傳接的神經，攻勢立時土崩瓦解！

楊濤看在眼裏，情不自禁地拍手大叫：「Yes！醒目！」看見教練的反應，聽見他的讚許，隊友們都滿足地笑，互相擊掌！五十次快攻一次不失的圓滿達成。對楊濤而言，這五十次的來回練習算不上什麼，但難得的是只教了一課而已，他們竟肯下苦功，最後取得成功。回想剛才五條路線來回快跑，好比人體的血脈神經，運作極流暢，十二人融為一體，感覺超爽快，最後一破更是一大高潮，直把人體的經脈硬生生切斷，痛快淋漓！

「好！大家都做得好！那……我兌現承諾，明天便向校長請辭。」楊濤口不對心，也知道這幫人的心意。

謝武率先道：「教練，對不起！是我自大，是我暴躁，我也不該怪責隊友跟不上。」

楊濤道：「那應該怎做？你們最欠缺的有四點，如果克服得到，贏波就會變得輕易！」

「包容，我們欠包容。」歐陽山悟到的是「包容」。

「謙虛。我們這方面……差一點點。」謝武一臉陪笑的表情，隊友們都笑起來。

「還有信心和信任。」林天行道出最後兩點，楊濤點頭，贊同他的話。「相信自己吧！從前，未嘗贏過一場的歷史，好快會改寫！靈光書院壞孩子軍團，會在九月的學界比賽上叫人嚇破膽！」

又道：「好了！練習繼續！我們要多練團體戰術，也要發掘一下你們各自有何看家本領。」

「教練！剛才我們破了你的陣法，厲害嗎？」歐陽山又多嘴了。

楊濤笑了笑，摸着他的頭，拉了華樂進到身旁。華樂進一驚，眾人亦隨之一驚，楊濤道：「不用怕！華樂進不會死的。黑社會老大的兒子，誰敢動他分毫？」

眾人笑着拍手，歐陽山又指着楊濤，道：「昨日你豈止動他分毫？直把他兩肩毀掉！」

「今日不會了。」楊濤又再摸摸華樂進的肩頭，叫他不由自主顫抖着。「進，你現在給我站在罰球線上去。」

華樂進依言照做，楊濤跟大家說：「你們用三人來破解快攻，其實一人已夠！你們看看華樂進站的位置，比你們安排的再低一點，就在此罰球線上，已經一目了然，不過戰術是死的，人是生的，真正比賽時必有變化，你就得隨機應變！」

這刻，設計戰術的三人：林天行、謝武和游繼標不約而同地由衷佩服這個紅頭怪，籃球智商是天才級別啊！

兩小時後，第二課練習完結。

眾將疲累得好像全身癱瘓的病人，躺在場上一動不動。差不多過了十二分鐘，眾人才稍有意識，回復清醒，還被楊濤另一個驚人消息嚇醒：

「後天星期五，第一場友賽，我們有客到。」楊濤叫眾人坐好，認真地道。

隊友們紛紛問道：「是哪間中學？」

楊濤平淡自然，輕輕一笑，回答：「南山區，匯天中學！」

轟隆——。

一道旱天驚雷從天上狂劈下來！

然後匯天高中的「三分雨」傾盆倒下！

南山十強之三——學界常勝強隊——匯天中學……我們的教練瘋了？

3 我們不是強隊

近兩年的學界賽事，南山十強依舊最強，一直以來羣雄割據的局面多年不變，天坪學院、匯天中學、馬爾高貴族學校、南山理工大學中學部……等籃球強權，在學界賽事中呼風喚雨，每一場比賽都掀起廣泛討論和關注，加上球星雲集，場場浴血戰打得地暗天昏，尤其天坪學院對匯天中學的比賽，直如學界明星賽般星光熠熠，以「三分雨」冠絕學界聯盟的匯天中學為例，陣中十二人竟有六位球員，先後奪得過學界聯賽、甲二聯賽、N.League 菁英賽的三分王頭銜，是不折不扣、貨真價實的神射手，就連領隊和教練都說：「這是歷屆隊史中最多神射手的一年。」於是坊間流傳，今年的匯天中學籃球隊，坐擁六大神射手，正為未來三年鋪出一條連霸之路，而且極有可能挑戰南山最強皇者——天坪學院的常勝寶座。

今天下午，匯天中學籃球隊紆尊降貴，踏進靈光書院的籃球場，他們的教練沒來，球員卻到齊，陣容完整，軍紀嚴明，比原定時間還早了一小時，卻已更換好球衣，在球場上熱身。此刻，靈光書院的一班壞孩子都變了小球迷似的，只顧向對手投以最仰慕的目光，忘了自己即將要跟他們作賽。

「強隊就是強隊，絕對沒因為教練不在而鬆懈！最重要是這班球員雖是學界明星，卻沒一點架子，沒因為對手的強弱有任何輕率的表現。說到底，靈光書院算是第幾班的隊伍？心知肚明吧！但匯天的球員倒沒理會，只知道不論任何對手，都要尊重、認真！」在旁觀戰的教官們都在談論，更私下討論楊濤的安排。「他來接手不過兩三課而已，有必要找一支幾近無敵的球隊來踐踏我們學生的自信嗎？」

「他太天真又太自負了，以為自己老父教了林天行等人幾個月，便能登大雅之堂。老實說，跟檔次低一等的球隊比賽尚有爭勝本錢，可是眼前的……我看啊！這場是匯天的表演騷！」

回說場上的一眾壞孩子，不可以說他們不認真，不可以說他們沒軍紀、沒隊形，只能說他們毫無半分士氣。楊濤在場邊聽見教官們的冷言冷語，不怒反笑，看着自己的球員像一羣行屍，在場上練習投射和走籃，每個人都臉容繃緊，連最多話的歐陽山、王子如、彭祖明都變了啞巴！除了兩個——林天行、謝武！

「楊教練，你好！」匯天中學的隊長唐哲龍主動上前跟楊濤打招呼，恭敬有禮，略帶羞怯，心忖：「壞孩子楊濤，國際級球星，我終於見到偶像了。」

「你好！唐同學。」唐哲龍沒想到楊濤知道他的名字。「N.League 青年組三分王，好像是你破了三分球的得分紀錄，對嗎？聽殷青藍說，這紀錄一直由天坪學院的主將黃庭軒所保持，但今年就被你以單場十六個三分球所破，厲害！」楊濤拍拍唐哲龍的肩頭以示嘉許，叫他心中興奮不已。唐哲龍還聽見另一球星的名字，不禁又想：「如果可以跟殷青藍見面，跟他同隊就好了。」

唐哲龍客氣道：「走運而已，那天手感正好，隊友又肯傳送。」

楊濤笑着點頭，轉了話題，道：「那一會兒的比賽可以幫個忙嗎？」

唐哲龍立刻提起精神，應道：「是！如何？」

「我們打上下半場，各打十二分鐘好了。請你們在兩節內取一百分可以嗎？或者你我兩隊的最終分差請保持在八十分左右。」楊濤指着場邊的計分牌道。

到底楊濤是在替匯天練習，還是替靈光比賽？怎麼有敵方教練向對手作出這種怪誕要求？偏偏，從來「人做我不做，殺出新血路」的楊濤正要幹些另類的怪異訓練。到底有誰能閱讀他的心思？答案只怕是無人知曉……

他忖：「尚有三個月，用一個月時間把你們徹底打垮，再用一個月時間特訓，最後一個月要成為全港學界的新勢力！早點打垮他們，讓這幫壞孩子輸到最盡！」

吣！比賽終要開始，雙方列隊握手，先禮後兵。楊濤特意請來三個資深球證幫忙，讓球員從中學習正規比賽的規例。隊員們都清楚知道眼前的三位，均是本地籃壇的著名球證，經驗豐富，其中一個叫何中，他把楊濤拉到一旁，輕聲道：「喂！你傻的嗎？你的校隊如何能敵？匯天會徹底幹掉他們。」

另一球證外號王爺，他苦笑着道：「算吧！何中，這紅頭怪的想法，豈會是我們能猜得通透？連他老爸楊天齊都摸不透啦！」

招呼打過以後，楊濤摸摸自己的紅頭，打趣道：「可能要打開我個腦，你們才看得清楚！」

「你錯了！我們看不懂癡線的腦筋！哈……」王爺說罷，隨即響起哨子，雙方球員已站到場中準備跳球。

主場球隊：靈光書院

控球後衛：　謝武
得分後衛：　林天行
小前鋒：　歐陽山
大前鋒：　彭祖明
中鋒：　司徒子南

作客球隊：匯天中學

控球後衛：狄志堅

得分後衛：唐哲龍

小前鋒：曾進溢

大前鋒：黃國邦

中鋒：李成華

照陣容看，這十人都曾是初中時期的對手或隊友，可惜時間沒法倒流，今天的狄志堅、唐哲龍、黃國邦，已經是學界的新星，反觀謝武、林天行、司徒子南……

「那些年不用懷緬，別來跟我說想當年，也別跟我提如果當初。半年前，我老爸接手教導你們十二人，早知你們的底蘊，大家心照，但這半年來重拾籃球之後，該是爛船都有三斤釘吧！」楊濤在賽前對他們道：「各位！我們會輸，但記住，要輸得好看！」

噗……噗……噗……噗……

心跳聲跟拍球聲極一致，不徐不疾，從容自若，面對謝武的防守，匯天的控衛狄志堅穩步上前，叫了一聲「1」，戰術立刻啟動——狄志堅晃左切右，快如閃電掠過謝武身邊，大前鋒黃國邦已在謝武回防的路線上築起單擋的人牆，讓狄志堅直搗黃龍！

彭祖明的速度不及狄志堅，只能從後補位追上前，卻忽略了原先看守的黃國邦已經Roll切入，身形矮了一大截的謝武欲阻無從，狄志堅誘得司徒子南的封截和彭祖明的追擊，竟一記後手彈地傳球，讓黃國邦從後接應，化為一重滔天大浪，活生生把司徒子南淹沒，上籃得分！

一個控衛、一個簡單的單擋、一次無縫接合的進攻，在開賽十秒內完成，隨即緊接是「221」的全場壓迫戰術。歐陽山開出底線傳球，謝武力抗狄志堅，接球在手，引頸四望，對方已鎖死了隊友們的接球空間。

「慘！八秒之內要過半場，否則……」未想到辦法之際，狄志堅找到空隙，一手把謝武手上的球抄去，傳給外線的唐哲龍，林天行盯着他，嚴密防守。「記得我嗎？林天行！」唐哲龍探子步一開，已逼退林天行。

沒暇細想的林天行高度專注，沒作回應，唐哲龍卻已在他面前出手，一道美麗的拋物線在空中劃過，三分球穿針入網。

「你靠的都是這個嗎？」林天行沒理會唐哲龍的問題，反而提出一個叫人不明所以的問題。唐哲龍問：「什麼靠這個？你指三分球？」

林天行冷冷一笑，搖一搖頭，道：「可惜啊！原來你的進攻要靠垃圾話，出口術！真可惜！」

相信林天行確實忘記了眼前這個三分神射手唐哲龍，但唐哲龍從沒忘記過他……

四年前的一場比賽，天坪學院少年隊首席球員林天行，剛奪得N.League少年聯賽「最有價值球員獎」，風頭一時無兩，更先後在南山區三打三籃球賽和全港少年菁英賽中奪得「三分王」和「得分王」寶座。而其中一場三打三比賽上，當時名不見經傳的唐哲龍正好對上了他。自那一仗後，唐哲龍發誓，一定要以林天行的成就為目標。因為那一天，林天行不但徹底蹂躪唐哲龍，還跟他說了一句話。

豈料四年前的一句無心之言，卻教唐哲龍銘心刻骨。

「四年前，你在我身上取得三十六分之後，說過一句：『你，連波皮都沒資格碰一下！』還記得嗎？」唐哲龍話未完，人已到，將林天行可以接應傳球的空位全面封殺！

謝武的控球功夫尚算到家，護着球的手壓住狄志堅，決定利用彭祖明的中間策應分傳快攻的歐陽山，這條專門突破全場緊迫的路線已練得滾瓜爛熟，歐陽山本非庸手，近半年來多得楊天齊的訓練，令他重拾身手，一式「歐洲步」上籃騙過了對手，追回兩分十拿九穩——天真！

砰！

匯天的第三號神射手，正是身高手長的小前鋒——曾進溢！

「嘩！封板！」在場的人都啞了，靈光書院的後備球員和一眾觀戰的教官都不禁喝采，心中亦替歐陽山感到可惜！

曾進溢搶回籃板球，跟歐陽山說：「喂！師兄，鬥快喇！」

噗一聲！人如疾箭，向靈光的後場射去，歐陽山反應極快，箭步後追。

事實上，靈光書院的回防陣勢組織已不算慢，不過匯大的暴風雨來得太快太快！

曾進溢在三分線上急停跳射，又得三分！

楊濤看着己隊在開賽不到兩分鐘便已落後八比零，心中叫好，忖道：「一百分是否太苛刻？匯天有沒有此威力？」

絕對有！

狄志堅在上半場中段已多次截斷謝武的傳球，並交出八次絕妙助攻，讓唐哲龍和曾進溢各自轟中四個三分球。在上半場完結前五分鐘，靈光書院雖有零星攻勢，卻是零得分，分牌上顯示着 38：0，楊濤才要求第一次暫停。

看見場上的五個人臉如死灰，腳步放慢，楊濤大吼一聲，道：「跑回來！別慢吞吞的！」

由於友賽旨在練兵，所以賽前都跟球證說明了，暫停會比一般比賽規定的二十秒稍長，足足有一分鐘。楊濤要求每次暫停，不光是場上五人的事，而是全隊十二人的事，所以一定要圍攏起來一起聽。

這一次暫停是上半場唯一的一次，一分鐘可以作出很多調整，亦可提出更多的指示。

但楊濤要求的一分鐘暫停，半點聲音都沒有，丁點指示和提醒亦欠奉。

起初，球員們圍在一起便你一言我一語，說你走錯了位，說我太早進攻，說你回防太慢，說我傳球時機欠準。

楊濤即時做個手勢叫大家別吵，所有人立時靜下來，享受四十秒的寧靜。或者該是，白白讓四十秒流走，感受那種恐怖的沉默和不安。

吡——！

暫停完結。眾將面面相覷，幹了什麼？講了什麼？接着怎做？

楊濤終於開腔：「剛才很靜，只聽見大家的喘息聲和心跳聲，你們要記住那種感覺！來！上陣去！」

林天行道：「怎樣打下去？教練！」

楊濤聳聳肩，似有若無的答案：「剛才暫停之初，你們都發現了很多問題。上場去，把這些問題解決掉，我才作出新指示。」

謝武回頭，喊了一句：「天行，回防呀！」

說時遲那時快！

林天行未及回防，唐哲龍已在歐陽山面前又一記三分球命中！

「最後五分鐘，別妄想得分！」狄志堅力逼謝武，直把防守演繹成進攻！

歐陽山在前場大喊：「突破他的防線！」

後備席上的隊友也叫着：「中線策應呀！」「單擋呀！」「八秒不過場違例……」

吔！如願以償，連續第三次「八秒不過場違例」！

「頂！又過不了前場！正混蛋！」旁邊的隊友按捺不住怒火，罵道。

「早說了怎樣拆解，練了這麼多快攻，一次都用不上！」

「換我上陣吧！看見這五個廢物在場上被對手生劏，不如由我力挽狂瀾！」

「教練！換我吧！」張明率先向楊濤提出要求。

「也換我上陣吧！」游繼標亦主動要求。

「還有我。你看！謝武和林天行都力盡了！」白志源正磨拳擦掌，一臉不屑。

楊濤望一望他們，又回望球場上，剛剛被狄志堅切入得分兼博得司徒子南第三次犯規。

「是時候了，教練，我等準備好了！」白志源已邁步向換人席上走去。

「別……自把自為！」楊濤一手抓住白志源的後頸，嚇得他面色發青，其他人亦不敢妄動，更不禁想起華樂進被他抓破肩頭的一幕。「時機到，自然會換你！」楊濤專注場上兩個人——林天行和謝武！只有他兩人的眼神到此刻仍然有火，仍然在尋找破解之法！

最後一分鐘，50：0！

幾年前，匯天中學的正中鋒李成華已被喻為是技術全面的少年新星，中二時的身高是六呎一，今年中四，他的身高已長到六呎五。最擅長的不是硬朗的籃底進攻，而是後轉身跳投和左右手小天勾等「柔派功夫」，跟司徒子南和彭祖明的「剛派打法」截然不同。李成華輕薄一笑，道：「兩頭蠻牛而已，籃板球倒搶得不少，卻一球都投不進，戴了眼鏡沒有？還是沒長眼睛？」

大前鋒黃國邦附和着，盡情取笑，道：「成華，籃底投球要用眼睛嗎？我和你都沒用啊！」頓了頓又道：「呀！不過太不公平了，我和你的層級不能跟兩頭牛相提並論。品種不同！不！物種不同，種族不同！」

狄志堅投出第二個罰球……

李成華、黃國邦、彭祖明和司徒子南四人在籃下爭奪——

「呀！打人呀！」李成華慘叫！

球證響起既急且短的哨子聲，衝上前阻止。

彭祖明推跌李成華，司徒子南跟黃國邦扭打着，林天行嘗試拉走彭祖明，謝武卻乘機踢了黃國邦兩腳，匯天中學的後備席上殺出四名隊友，靈光書院的後備席上全員上陣，搶鬧殺進戰團！一時間，有些在勸交，有些在打架，有些在理論，只有楊濤在旁冷笑！

教官們見楊濤全無反應，像個看電影的「花生友」，紛紛衝進場去，協助球證調停。好不容易又過了五分鐘，兩隊人馬終於冷靜下來。

分數是51：0！

上半場完。

「比賽取消！下半場不打了！」球證作出決定。教官們都同意，所有隊員列隊立正站好，準備受罰。另一邊廂，匯天中學的球員正自鼓譟，兩名教官亦幫忙着安撫他們。

這時候，楊濤走近球證和兩個教官身邊，若無其事的道：「十五分鐘後，下半場開始！」

4 我們不是強隊2

三位資深球證瞪大了雙眼，對楊濤的決定極不認同，其中一個罵道：「喂！阿濤哥，你是瘋了還是盲了，抑或失憶了？」

楊濤滿不在乎，看看匯天中學那邊，又看看己隊這邊，跟球證道：「你們看！現在不就冷靜下來了？年輕人，打波演成打架是最正常又最必然發生的事。我不是認同打架，但試問我們年輕時不也是這樣嗎？老實說，現在才是最佳教育時機！信我！」

「信你？」在旁的教官加入到反對比賽繼續的一方。

楊濤指着自己的鼻頭，堅定點頭。

在場參與討論的三個球證和三個教官卻都堅決地搖頭。

「讓比賽繼續吧！」一把聲音從後傳來，教官回頭一望，立即敬禮！

來者正是徐校長！一眾教官和球員即時立正敬禮。

「讓楊濤負責，幾位球證，我相信我校的球員不會再犯，就給他們多一次機會，好嗎？」徐校長的身後，正是首席教官 Raymond，他朗聲道：「下半場繼續，十五分鐘後開始！」

既然校方堅持，球證只好跟從。楊濤向徐校長和教官 Raymond 報以多謝的眼神，徐校長微微一笑，道：「我倒想看看你如何『教導』他們。」

「放心，包在我身上。」楊濤走到球員的列隊之前，幾個教官識趣走開，讓他訓示球員。他意態從容，道：「隊友們，打人的感覺很爽吧！你們都習慣這樣嗎？技術不夠便發難打人。各位，匯天中學很強啊！他們百分百執行到我在賽前的指示——100：0，或八十分差距，如今半場已過，他們得五十一分，你們零分，果然不負我所望。」

「為何要這樣？教練。」林天行語氣不滿。

謝武也道：「教練，如果你想我們輸，也不用找匯天中學來踐踏我們。」又道：「我們早已輸慣了，對於輸，沒有好看或難看之分。」

「你們本來可以很強！半年前，我老爸接手，教你們重拾籃球，教你們重新拾起自尊和自信。但由始至終，你們都選擇輸，相信自己會輸。那好啊！不如徹底一點，輸夠一百分，我看啊……芸芸球隊之中，只有南山十強才有能力給你們重創，其他二三線球隊未必能打敗你們。」

「二三線球隊當然能打敗我們，我們從未在外圍賽成功出線，全部都是輸給這類球隊。」慣於沉默的白志源罕有地開口，續道：「練習時還好，但一到了比賽，我們比二三線球隊更不如，姑且只有四五線的賽力。」

彭祖明冷哼一聲，道：「多謝教練！多謝你找來匯天中學，我們從未試過面對南山十強，因為從沒資格。教練，多謝你啊！」

楊濤眉頭輕皺，沒理會彭祖明的話，逕自從手提包中取出一個厚厚的文件夾，然後高高舉起，道：

「這是你們的檔案，我老爸整理過，然後我再找朋友做了一些『起底』工作，重新修訂，我現在讀出來給你們聽聽……林天行——天坪學院少年隊主力得分後衛，N.League 少年聯賽最有價值球員，但曾犯傷人案，住感化院一年後轉到靈光書院就讀。

謝武——展才中學少年隊主力控衛，兩屆 N.League 少年聯賽助攻王。於展才中學曾屢犯欺凌，及後社工轉介入讀靈光。

余清亮——曾吸食毒品，已戒掉。紅山區學界D2冠軍隊正選中鋒，因前年偷竊被捕，後判感化，退學後轉來靈光。

白志源——紅山區皇家籃球學院少年隊成員，兩奪夏季聯賽得分王。後涉嫌兩宗毒品交易，雖因無足夠證據而獲釋，卻主動退學入讀靈光。

彭祖明——網上詐騙，判感化令。曾打傷同學被勒令退學，期間轉讀過四間中學。曾是天坪學院少年隊正選大前鋒、N.League少年聯賽明星隊正選。

歐陽山——匯天中學少年隊正選，N.League少年聯賽「三分球命中率」前五名、「得分王」前十名。及後曾在校內收保護費，自稱三合會「華樂聯」成員，經社工轉介下入讀靈光書院。

李萬興——唯一一個不是出身籃球名校的學生，亦是唯一一個以學界D3組別的球員身分，奪得N.League「一打一」少年賽冠軍。可惜情緒容易失控，操行極差，曾打傷三位同學，被校方勸退，轉讀靈光書院。

游繼標——內地新移民，曾是廣東男子籃球少年代表隊成員。初來港時獲得「皇家籃球學院」給予獎學金入讀，及後在校內賽事中奪得最有價值球員獎項，可惜，曾涉兩次恐嚇和毆打助教，被轉介入讀靈光。

司徒子南——十五歲曾犯非法駕駛、涉嫌三宗偷車案。前年轉來靈光讀書，之前是南山十強——風采學院籃球隊主力，奪得學界少年賽D1組別籃板王、封阻王兩大寶座。

張明——曾多次結黨、打老師，被勒令退學，轉讀靈光書院，但張明是馬爾高貴族學校少年隊的最佳得分後衛。

華樂進——三合會「華樂聯」龍頭之兒子。N.League少年聯賽冠軍隊正選球員，曾是林天行的隊友，可惜僅打了一年聯賽後，既退隊又輟學，去年從感化院轉來靈光書院。

王子如——十四歲奪得 N.League 少年聯賽最佳新人獎，場均攻入二十二分，是得分王前十名之中唯一的大前鋒。十五歲曾犯多宗校園偷竊，後社工轉介入讀靈光。」

楊濤一口氣把全隊的履歷讀出，在旁的教官不約而同的點頭嘉許，原來這幫壞孩子的實力……「這幫人原來頗強啊！」「那麼這幾年來，他們到底發生了什麼事？好端端的高手，淪落至此！」「唉！一個人一個故事，一個家一本難唸的經呢！」「他們年紀還小，要改寫不難！」「要寫，便要寫成傳奇！」

「你們從未試過面對南山十強？並不因為從沒資格啊！」楊濤道：「各位，下半場快開始了，你們這幫四五線球員，想在南山十強前三名之一的匯天中學身上取回多少分自尊？」

眾將沉默不語，垂頭，心中忽地感觸起來，想着楊濤朗讀出自己的履歷，每一字每一句都轟中心坎、刺中死穴。楊濤觀察着他們，也正期待刺中他們的死穴，刺中了，就可以浴火重生。跟自己的人生一樣，楊濤的球員生涯正值巔峰，技術和經驗、視野和心態都是職業球員的頂點，然而他回想自己由十六歲到二十六歲這十年中，乖戾張狂、目中無人，恃着驚人天賦橫行霸道，外界說他是壞孩子，每一隊的教練和隊友對他又恨又愛。在他眼中，天下間只有自己，所有人都圍着他、依附他，直到敗在殷青藍、王凱和徐風的手上，直到跟老父楊天齊的心結得以解開，他才覺醒、重生！如今，他看見這一班十七、十八歲、同樣被喻為「壞孩子」的年輕人，就如看見十二個自己。

「你們不是強隊，不過，你們本身都很強！」楊濤放下檔案，取出戰術板，擺下兩個陣式的佈置並畫了兩條攻防轉換的路線，然後道：「林天行、謝武、歐陽山，你們三個休息，白志源、游繼標、李萬興換入，彭祖明和司徒子南繼續打。」

乍聽見彭祖明和司徒子南的名字，眾人都大感錯愕，剛才正是他們挑起打鬥，如今續任下半場的正選大前鋒和中鋒？萬一……

別說旁人，就連彭祖明和司徒子南都不相信楊濤的指示。「我從不按常理出牌的！別人眼中的、腦裏的所謂正常，我總覺得不正常。」楊濤摸着自己的紅頭，好像很滿意自己的與別不同，不過這種近乎自戀的狂態又頗得這幫年輕人的喜愛。他道：「我老爸常說，要相信自己的球員。彭祖、子南，你們該不會再把籃球場變成擂台吧！」

得到教練重用，二人頃刻重拾笑容，大喊「Yes Sir」！就連隊友們都感到高興，因獲得信任而高興。「你們兩個都曾經是南山十強的一員，就該拿出強隊的氣魄來。觀察一下你們的對手，看清楚他們，想一想是否真的零缺點？再想一想，你們是否已把壓箱的本錢都出盡了？」

他看看手錶，又向林天行和謝武道：「五分鐘後，下半場開始。你倆加上歐陽山，是全隊的軍師，餘下五分鐘，你們十二人想想辦法對付匯天中學。老實說，他們一定會比上半場更狠！」

經過楊濤的訓話，這十二個壞孩子的眼神變了，開始悟懂一些什麼，雖無法言明，卻教眾人心領。楊濤遞上戰術板，歐陽山滿懷信心的接過、打開，眾人圍攏起來研究。此刻，林天行問道：「教練，半場人盯人好嗎？想贏便要駁火！」

眾將等待楊濤回應，他卻只笑不語，然後點頭認同！

「對！人盯人，逼他們失誤。快攻沒問題，我們夠快！」

「李萬興曾是一打一比賽的冠軍，讓他對付狄志堅，白志源盯緊唐哲龍。」

「我發現他們的內線有一個弱點，就是不夠強硬。」

「對！由始至終都只用中距離跳射和小天勾，他們不擅長埋身硬碰！」

咇！球證示意下半場開始。

靈光書院開球，展開第一次真正的「攻勢」！

匯天中學的球員由如至終都沒鬆懈過。他們一貫的特色都是「專注」，對任何對手都一樣，應付強隊或弱旅，都是百分之一百的認真。但是眼前的「弱旅」總是有點不同，他們隱隱感受到靈光書院的球員與別不同，總之有點不對勁。上半場的防守跟下半場一模一樣，沒有因為51：0而放鬆，沒有因為剛打完架而過於衝動。如常，他們的防守表現一如往常，守得極穩，補位也快。可是，他們感受到一股不知從何而來的不安感，令他們很不自在。

因為對手沒有「如常」。眼前的白志源和李萬興，跟林天行和謝武的分別，正在於「不正常」。楊濤招了招手，叫林天行和謝武一起留心觀察。他道：「你們看看匯天中學的212聯防，補位快，但李萬興和白志源，配搭左右底線來回切入的游繼標，明明應該傳的，他們不傳，明明該射籃的，他們偏偏切入！」

楊濤兩手抓住林天行和謝武的頭蓋，又道：「你們懂得叫陣，他們亦懂。你們的每一步，他們都預料得到，所以上半場，你們一定被困。但眼前的三人，不按章法，好像在亂走，卻打亂了滙天的防守佈陣和節奏。你們看！」

沒錯！李萬興的單打能力極強，團隊走位意識卻一般，所以他只能用自己最有信心的打法——獨闖！

沒錯！白志源在團隊意識上比李萬興稍佳，卻要揣摩他的進攻節奏，在決定上變化無定，令防守的球員無法預測他何時傳？何時切？何時射？

沒錯！游繼標該是三人中最聰明的一個，他也該看穿了李萬興和白志源的「獨特」正煩擾着滙天的球員，故他將計就計，左右底線來回切入，聲東擊西。

滙天中學的隊形，被這三個從無合作過的球員弄得不知所措。這時，白志源見李萬興運球切入，沒理會上前單擋的彭祖明，只好走在對角的三線上等他傳球。匯天的球員早料到白志源走這一步，而且切入分球傳對角是合理不過的，卻又忘了彭祖明上了高位單擋，只好留在原位。豈料李萬興竟突然後手傳球予他，正好又是 Pick and Pop 進攻的最佳位置……

彭祖明心忖：「竟然有空間？」

他接球在手，其他球員勢想不到接應的不是三分線上的白志源，到發現時回頭，彭祖明已經起手投射——中距離兩分——中！

嘩……一眾球員高興得彈起來！終於有零的突破！

匯天的球員全都呆住，正疑惑剛才的後手傳球，是有組織的進攻？還是胡亂出牌？

游繼標夠聰明，乘機亂其軍心，道：「阿興，你做對了，32 號戰術成功！」

32 號戰術？

是右切分球？

是高位 Pick and Pop 戰術？

還是……

匯天的球員未試過遇上李萬興這種「以無法為有法」的球員，一時拿他沒法，而問題陸續又來——靈光人盯人緊迫戰術！

「既然團隊意識弱，如果採用陣地式防守，我們會不敵對方的戰術走位。不如孤注一擲，人盯人！」林天行和謝武正自興奮，場上的隊友如他倆所料，施展半場人盯人緊迫防守，果然奏效！「匯天的外線火力超級強，最弱一環卻是對抗性低，他們一定要憑靈活多變的走位，製造不同的炮轟戰術，才可彌補身體對抗性欠佳的漏洞。只要我們夠死纏爛打，他們怕受傷啊！若打一場友賽令自己受傷，不划算！」楊濤冷冷的笑着。看見游繼標已逼迫狄志堅傳失，白志源接應快傳給李萬興，對方回防速度快，唐哲龍大叫：「他剷籃，封他右邊去路！」

抱歉！唐哲龍猜錯了！李萬興在三分線後一步急停跳射，命中！

「我要告訴匯天的神射手，我，李萬興，都懂射三分球！」李萬興道。

「一人快攻竟不選擇剷籃，還在不該進攻的位置射入三分球，到底他的腦裏面在想什麼？」狄志堅和唐哲龍呆了，而靈光書院的緊盯又到了！接下來的五分鐘，匯天中學給李萬興起了一個綽號——「想不通先生」！對於他，他們什麼都想不通猜不透，更被他一口氣搶了十六分，匯天中學只得四分。

再接下來的五分鐘，白志源放了兩球三分冷箭，游繼標三次切入上籃得手，還引致對方大前鋒黃國邦兩犯。「祖明，下一球要強攻內線，黃國邦兩犯了，我們用爆破戰術！」司徒子南愈戰愈亢奮，剛才他狠狠地蓋了李成華一記火鍋，鬥志之火猛然燒起。

彭祖明點頭道：「論力量，我倆佔優，他們從不硬碰，看來是怕受傷。」

司徒子南詭異一笑，心生一計，道：「怕受傷？哈……我們便恐嚇他們。」

乍聞「恐嚇」一詞，彭祖明立時振奮起來，全身的脈搏醒目地跳動，異常生猛，過度活躍症病發！恐嚇，對他們而言，駕輕就熟，比打籃球更得心應手。來了！匯天的大前鋒黃國邦持球在手，正好在低位壓着彭祖明，這種程度的進攻算不上什麼，力氣不夠大，反之彭祖明想起了黃國邦在上半場的幾次進攻，都選擇壓入一步，突然Step-Back 跳射，便知道如何對付他。

「喂！你知嗎？五個人打我一個，最後誰站得起身？前天我才打傷了五個男人喇！」彭祖明在黃國邦背後，輕聲噴出垃圾話。又道：「憑你的吃奶之力，小心我把你的右手吃掉！」

黃國邦聽進耳裏，心底勾起了上半場打架的畫面，想起彭祖明的右拳很重，自己胸前的瘀傷忽地隱隱作痛。「還是別硬碰！」想到此處，他最後一如所料，壓入一步再Step-Back，Fade-Away 跳投——彭祖明已躍起——一巴掌似的拍走射球，還硬生生的打中了黃國邦的臉，彈了出界！

WOW……

黃國邦倒地、掩面，一陣暈眩。比賽暫停。

「國邦，沒事吧！」隊友把他拉起來，球證示意比賽繼續。

哈……哈……全體靈光隊友看着這驚天封阻，無不驚呼大喊，高聲叫囂！

「喂！彭祖，打排球扣殺呀！你上次把人打暈了！」司徒子南老練地施以攻心計，進一步摧毀黃國邦的戰心。

球證判了匯天中學出界，眾人皆呆住，狄志堅跟球證理論：「球證，他分明就是借球打人！」

球證沒理會，司徒子南走到李成華的身邊，又施以恐嚇，道：「你的隊友算不俗了！上星期，彭祖在維園的街場，同一招『扣殺式封阻』，把一個六呎六的外國人打暈了。」

李成華自問自己和黃國邦在學界和甲二組聯賽都算是身經百戰，多少強手都應付過。但今天要對付的這兩頭「狂牛」，竟然在下半場變得綁手綁腳，當下經司徒子南一提，猛然想起了：「他們全都不是正規的籃球員，而是……問題青年、犯事纍纍的壞孩子！跟他們打……打籃球，和打架沒分別！如果真的打起來……」

砰！

嗡……嗡……籃框的餘震鑽進李成華的耳鼓……

「喂！入樽呀！司徒入樽呀！」靈光的球員忽地呼喊着，李成華才醒覺過來，自己身在籃下底線外兩步。

他剛剛夢遊球場的時候，司徒子南突然在籃底怪叫一聲，發出了北美洲公牛的低沉怒吼，然後 Spin Move 撞開了他，雙手入樽！

這一切都來得很快，那股蠻力已重重撞擊起他心內的恐懼！匯天中學的中場靈魂人物突然「失魂」，靈光「靠嚇二人組」突襲心靈取得大成功！

最後五分鐘，匯天要求暫停！

靈光的球員士氣直衝上天，歡呼聲好比激勵士氣的戰歌，殺敵雄心高漲。

65：33。下半場，靈光取得三十三分，匯天只得十四分。

游繼標、白志源和李萬興各得八分，司徒子南和彭祖明也各得四分和五分。

「唐哲龍、狄志堅不是一般高手，你們別高興得太早。」楊濤把球員由天上帶回地面，道：「講比數之差，你們最後都會輸！五分鐘內如何追回三十分？他們每次進攻拖延到廿四秒才出手，都足夠贏出比賽。不過大家都應該沒想過贏他們吧！下半場的表現已夠他們今晚發噩夢了！」

眾將一起點頭，笑得很開懷，已經超越了贏輸。「教練，他們真的會拖延時間啊！怎辦？」白志源問。

楊濤笑着答：「不會！強隊有尊嚴，不會拖，只會攻！小心啊！餘下的五分鐘，才是他們的三分雨時間，唐哲龍和狄志堅會給你們來一場傾盆大雨。」

「如果天坪的易之朗和洛家揚是學界史上最強的二人組合，那麼唐哲龍和狄志堅就是緊隨其後的得分機器！」林天行在街場領教過易、洛二人的可怕，今天又跟唐、狄二人對戰，不禁令他感到後悔，後悔自己年少時行差踏錯，錯過了多少青春……別回頭了！

「教練！我和歐陽山、謝武想再上陣！」林天行跟白志源和李萬興擊掌。

李萬興爽快道：「換我吧！輪到你們三個延續他們的噩夢。」

游繼標道：「輸，都要輸得好看！」

楊濤伸出拳頭，跟眾將拳碰拳，道：「阿武、天行、歐陽、余清亮、王子如，就你們五個！有信心嗎？」

謝武張開兩手，彷彿張開一個網，道：「我們有帶傘！」

吣！

匯天出場了，內線兩名後備替代李成華和黃國邦上陣。

「是你把我們惹怒的，可別怪我們手下不留情！」唐哲龍再次對上林天行。

林天行全神貫注把他盯得死死的，道：「有句話想跟你說！」又道：「我記起你了，唐哲龍！」

唐哲龍切過底線，林天行的步速竟跟他一致，封了他的接球路線。「記起我嗎？又如何？想說什麼？」

林天行緊守着他，不讓他接球，道：「想跟你說聲對不起！當年這樣蹂躪你！」

唐哲龍跟內線球員做個單擋，接過了狄志堅的傳球，林天行的手已到，封了他的起手空間，卻冷不防他切入、分球，狄志堅同時在另一邊的三分線上單擋，僅有的一絲空間，接過唐哲龍的回馬槍——三分球，命中！

「來吧！正面交鋒！」唐哲龍叫陣，匯天來一個全場人盯人，正面進攻！

最後三分鐘，匯天中學主控衞狄志堅的眼神變得更銳利，就如暗黑叢林的毒蛇，尋找最致命的進攻機會！剛連中三個三分球的他，正面對着剛投入兩個中距離的謝武。「眼前的謝武脫胎換骨，把我守得極緊，可我還是投進了三個『遠程炮』！」

謝武的傘確實張得極開，只是他料不到狄志堅的射程竟可遠至三分線後三步，防不勝防！正如此刻，唐哲龍再度切入，力壓林天行，誘使歐陽山夾擊，謝武回頭一望，準備協防，就這一瞬間——狄志堅順勢利用高位單擋同時切入，擺脫了謝武，再度接過唐哲龍的回馬槍——「休想！」

歐陽山脫口而出的「休想」，正是他窺準了切線防守的時機，立即轉身單刀快攻！「喂！跟我們跑啊！」歐陽山望着狄志堅和曾進溢兩位對手，冷峻中滿有自信——如箭在弦上激發而出！

歐陽山曾經是籃球員和短跑手，論快攻的速度，算是全隊中前三位。當下看準絕佳時機，抄球在手，對方窮追也自枉然。

最後一分鐘！

唐哲龍被林天行盯死了，動彈不得。反觀林天行截斷進攻線，造就了歐陽山和謝武，教人讚歎他的防守伎倆達到一線球員的水準！他道：「五分鐘了，你的三分雨都沒灑過一滴！雷聲大雨點小！」

唐哲龍不怒反笑！在他心中，贏當然重要，但若贏得太易，便一點興奮都沒有。當前，這個曾經是學界少年組別中最強的得分後衛，終於像樣了，像他想面對的強者模樣了。「林天行，我多麼渴望戰勝你，但不是現在的你，也不是上半場的你。」唐哲龍一個假動作晃右切左，卻突然Step-Back三分線上，快速起手，三分球直如子彈，命中！

林天行也笑了，看着唐哲龍，似找到了同道中人，或認定了一個宿敵！

「唐哲龍，三個月後的『學界無限』賽見。」

隨着球證響起完場的哨子聲，雙方好像經歷大戰的老兵，累個半死，卻開懷地笑着回家。徐校長指示幾個教官送匯天中學的球員離開，然後召集了隊員在球場上列隊，楊濤和教官Raymond站到一旁，先等校長對球員作出訓勉！

徐校長常說：「事無不可對人言！」如果能令大家從話中獲益，他便會要求所有教職員、教官、工友、同學一同坐下來，聽他暢所欲言。

「慘了，每次校長講話，最低消費一小時，最高消費四小時或以上！」其中一位教官在楊濤的耳邊低聲道，嚇得楊濤瞪着雙眼，心中發毛。

徐校長乾咳兩聲，深呼吸，然後道：「放心！我不長氣！長話短說，這場比賽的分數最後是80：55，我為你們感到自豪！」說罷，他拍掌鼓勵球員，一眾教官也跟着拍掌，球員則互相擊拳、碰拳。他又乾咳兩聲，道：「暑假到了，餘下只得學年表揚日，及後便回家放假，但你們要留下來，因為九月份的比賽關係，你們趁長假期特訓吧！七月尾，我替你們約了一場作客的友賽，你們還有一段時間浴火重生！我想在九月的學界賽上看見你們打進決賽！這要求和期望過分嗎？」

楊濤不知道徐校長已經相約了別的校隊，便替隊友問：「期望太低！該是冠軍才對！哈……校長，距離七月的友賽尚有一個半月……他們的對手是誰？看看這段時間內能否提升他們！」

徐校長跟教官Raymond使個眼色，示意Raymond向全隊交代。

Raymond微微點頭，道：「這是一個閉門友賽，沒有觀眾，沒有旁述，只有兩隊的球員和教練。」

「閉門切磋？好神秘啊！到底是哪一隊？怕被人看見後，會抄襲他們的戰術嗎？還是怕人看見自己輸得很難看？哈……」歐陽山口出狂言。

徐校長冷靜的道：「我朋友任教的中學——天坪學院！」

楊濤聽見，心中一樂。徐校長看看楊濤，又向着林天行道：「這場比賽是楊天齊老教頭替你們訂下的。他說：要林天行親自讓天坪學院的管理層知道，當日放棄他，是最大的損失。」

除了林天行外，隊友們的心中正自冒汗，想不到剛對付完一支南山十強球隊，現

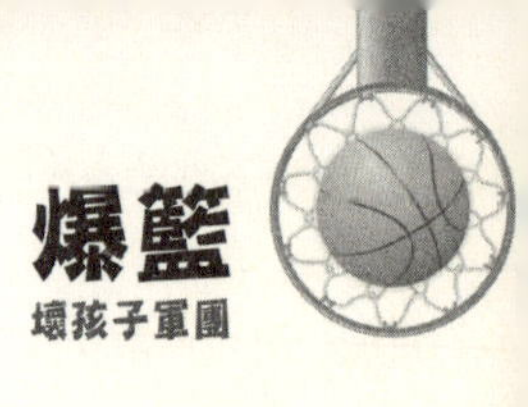

在再來一支十強中的最強——天坪學院。

「原來，我們的校長比楊濤更瘋！」幾個教官正自聊着，其中一個歎道：「難怪他准許楊濤繼續開打下半場。」

「楊濤是對的，他讓球員在下半場發現自我、重塑自我！」另一教官道，帶佩服的口吻。

第四章：未完的故事

1 老兵

「咳……咳……」楊天齊總喜歡在星期天到他最喜歡的茶樓，看看報，喝喝茶，一盅兩件。可是如今，他總要在吃點心、飲鐵觀音之前，吃一堆「補品」——降血壓藥、強化心臟藥、氣管藥……。

兩個得意門生，一個是殷耀榮，另一個是王立一，如沒比賽的話，他倆也必定會陪陪這位恩師，逢星期日到這裏飲茶。

「這地方確實一流，露天茶座，向海，點心又好吃，地方又寬敞，座位亦舒適，最重要是沒有人會趕你走！咳……」老教練撫着胸口，又咳兩聲。

王立一一臉認真和嚴肅道：「有誰會夠膽趕你走？白髮魔術師、最佳教練楊天齊！」

殷耀榮沒搭腔。今天跟平日不同，他有點怪，只顧着吃，不發一言。王立一當然知道原因，楊天齊看在眼裏，心中意會，這徒弟有心事，叫他不快！他按一按殷耀榮的右手，停了他夾點心的動作，在他手背上輕拍兩下，從容的道：「耀榮，你的心意，我知道！」楊天齊明白殷耀榮不快的原因，正跟自己的病有關。

「這種病罕有，好複雜，人就是這樣，血有病，心就有病，腦就有病，全身都會有問題。我都不懂得跟你們說清楚！」楊天齊好像看破塵世，滿不在乎，道：「喂！我活夠了。我好滿意我的人生，如果神要我好好的離開，我該高高興興的告別啦！」

「美國有案例，可以醫好的！」殷耀榮反駁道。

「我知道！楊濤都知道了，我昨日跟他說了。」

昨天晚上，兩父子在家吃飯，楊濤負責煮一頓親子晚餐。

他說要補祝父親節，便煮了一鍋老教練最愛吃的「三高元兇」——紅燒扣肉來慶祝！

「青紅蘿蔔煲豬腱呢！我想先飲湯，後吃肉！」老教練嚷着。

楊濤端了一碗老火湯出來，放在飯桌上：「熱呀！你別心急！」

「行行行！咳……我的喉嚨早已接受一百度高溫訓練，沒事！」

楊濤沒理會他，端出其他飯菜來——吃飯！

當老教練吃了兩碗飯，把紅燒扣肉吃剩半鍋的時候，他跟楊濤道：「喂！我有話想跟你講！」

「什麼？」兩父子的對話風格從來都是冷調。

老教練頓了頓，道：「我有病，好嚴重的，好罕有的。」

「會死人的那一種病？」楊濤如常的吃飯、飲湯，沒半點表情。

如果是正常人，聽見後都必然會有的那種詫異和驚呆，或者感到突然的傷感，都不在這紅頭瘋子的臉上出現。

老教練「唔」了一聲，道：「難醫呀！手術成功機會好微，醫生說幾年前在美國有一個成功的案例，但那個病人夠年輕呢！十八歲。」

楊濤聳聳肩，不以為然，道：「你快八十歲！差得遠喇！」又道：「你會去美國嗎？試一試！」

「咳……咳……我活夠啦！對着你大半生，不知嘔了多少両血！現在有機會休息，還幹麼飛去老遠，躺在手術牀上被人當實驗品？」老教練夾了一件扣肉，跟一口飯吃下去。

楊濤笑着道：「那你去美國的話，替我買兩對絕版球鞋好嗎？Ai、Jordan和Dennis Rodman的。一對紫白色AJ 11代，另一對金銀色的……我上網找到相片給你，照着買！」

「你想要？」

「想啊！你真的去美國，記得跟我說。」

「不去了！你自己上網訂購更方便！醫生說我最多……」老教練數着手指，道：「三個月左右，最多半年！我想享受餘生，不想奔波。」

「嘩！這種情節好像韓劇！別來催淚啊！你到底是真是假的？」楊濤又夾一件扣肉，一口吞掉。

「喂！扣肉要慢嚼，別吞，太浪費！」老教練斟滿一杯啤酒，道：「是真是假？你想呢？」楊濤沒回答，把自己的杯遞上前，道：「給我斟滿一點！」

於是，兩父子一人一杯滿的，碰杯！

「乾？」

「當然乾！」

「祝你父親節快樂！」楊濤一飲而盡。

「祝我活夠了快樂！」老教練指着自己，也飲盡了。

「不如別用杯！夠膽？」楊濤挑戰老父。

「怕你？誰教你飲酒的？」老教練冷哼一聲，提起兩支冰凍的力生啤酒。

「靈光隊如何？好帶嗎？」老教練轉了話題。

楊濤輕輕點頭，道：「你把他們訓練得不錯！」

「啊！多謝，你很少讚賞我！」老教練笑着。

楊濤「嘖」了一下，嘴角輕揚，道：「你也是！」又道：「你把他們訓練得不錯，但我會把他們訓練成為冠軍！」

「是嗎？一言為定？」老教練舉起酒樽。

楊濤也舉起酒樽，互碰了一下，道：「九月，如果你未死，我把金牌送給你！」

坐了大半天，楊天齊將晚飯的談話內容跟殷、王二人說了，二人啞口無言，搞不

清這兩父子是怎麼回事。王立一只好豎起拇指，道：「你倆都一切心照，是境界！」

殷耀榮沒回應，繼續吃點心！

昨晚，凌晨兩點，老教練熟睡了，楊濤便獨自走到街上，漫無目的地遊蕩，途中遇過兩次巡警的截查。

直到清晨時分，他又買了半打啤酒回家。

2 你知道我想你來看我比賽嗎？

或許對楊老教練來說，活夠了的離開，應該像給蚊子叮了一口般，沒什麼大不了，在世的人搽點藥膏便沒事。況且在他的晚年，看見一位年輕人的生命因他而改變，已是一份最後的禮物。這個年輕人，正是靈光書院的「打架王」林天行。

記得老教練接手執教的第一個星期，林天行是最麻煩的球員，又遲到又生事，態度差劣，在隊友面前，總自恃曾經是最有價值球員，要在隊中認老大，傲慢、自大，看不起隊友，做錯了就打，不順心的亦打。「老鬼，你憑什麼教我們？你懂籃球？我勸你明天買一份報紙，安安穩穩的飲早茶，散散步，別來煩我們！」林天行放棄了籃球三年，而且對眼前的白頭老者毫無認識，還以為校長胡亂找來一個老弱殘兵敷衍他們，怎想到這老兵可是大有來頭！

楊天齊看着這個「打架王」，身形和速度極佳，翻閱他的檔案，對他生平瞭若指掌。「收服他，這隊才有希望！」老教練的好勝心跟兒子一樣，愈難做的便愈愛做。

「咳……咳……你……咳……曾經是 MVP？我看一點都不像！」

林天行冷哼一聲，道：「你老人家身體不好便不要來喇！回去看醫生吧！」

那天，楊天齊只笑不語，其他隊友也各自有嚴重的行為問題。

「老教頭，你現在明白『十二惡人』非浪得虛名吧！單一個林天行已夠煩！」班主任道。

想不到楊天齊卻搖頭，歎息道：「八歲那年，他的父母離異，及後母親於交通意外離世。父親另娶，後來爛賭、欠債，逃了回大陸避債，從此沒見過他。這等身世，有誰來教？」老教頭閱讀過林天行的轉介檔案，心裏總在想：「把他教好吧！這年輕人的個性挺像楊濤，說不定將來也是個籃球魔怪呢！」從那刻起，老教練已鎖定了林天行，誓要用籃球來助他成長！

要令一隊士氣散渙、自信全無、自卑心重又欠紀律的球隊改頭換面、重燃鬥志，最好的方法不是鼓勵，而是徹底的踐踏和摧毀，逼他們的潛能出來，重新認清自己，當中若能令靈魂人物也覺醒的話，其他人都會得到激勵。

最初的時候，沒幾個人知道林天行的態度為何有所轉變，只知道老教練下了不少工夫令他衷心折服。其中一次，是在練習之後，老教練帶了三個球員到場分享，那三個人正是「太平洋三王」——段青藍、徐風和王凱。隊友們看見本地最強的球星悉數到達，對這老鬼教練登時改觀！「原來他真是白髮魔術師楊天齊。」「有誰可以令三王同場現身？」

楊天齊召集球員到籃球中圈，介紹三位球星之後，就讓他們分享一下如何從被人看低幾線的井城「天皇星」雜牌軍，挑戰南山十強，最後更擊敗天坪學院成功登頂的經歷。球員聽得津津有味，勾起他們的雄心和戰意，唯獨林天行一張滿不在乎的嘴臉教人討厭。

「看來這位同學挺特別啊！」徐風道，「小朋友，來一場單打如何？憑實力來爭取別人對你的尊重。」

老教練點頭道：「好啊！徐風，你眼前這位同學叫林天行，也曾是天坪少年隊的得分王，更是 N.League 少年聯賽的 MVP。」

徐風打量着林天行，六呎二左右身高，健壯的身形，屬步大力雄類的球員。

「不！風，讓我來吧！」這時，殷青藍按捺不住，道：「楊教頭，這位林同學是全隊最強的吧？」

「唔！他自稱。」老教練聳一聳肩，輕輕冷笑，指着林天行，道：「傻仔！」

從沒有隊友夠膽取笑林天行，老教頭的一句「傻仔」，就如一封挑戰書，挑起他的怒火。

「死老鬼，你說誰？」

「誰回應，誰就是！」老教練道：「拿點男兒氣概出來，開始吧！」

殷青藍拾起地上的籃球，抛給林天行，道：「小朋友，別讓籃球放棄你！給我看看你的實力！」

在場的隊友其實感到無比的興奮，沒料到殷青藍願意主動指導，那是多少人夢想得到的機會？大家是多麼想自己能被三王選中，來個一打一的指導。這刻，歐陽山難掩興奮之情，猛然站起身，道：「我吧！林天行不願意打，我可代他！」

「歐陽山，滾開吧！我來會他，正想看看他們有多少斤両。我可是最有價值球員呢！」林天行帶着籃球，對青藍道：「看我的！」

說話的同時，他已搶先開步、加速，往籃框殺去……

眾人看在眼裏，都知林天行分明偷步，豈料殷青藍但笑不語，人已如原野上的獵豹，盯着樹上的一頭小野貓，後發先至，撲殺追擊，待林天行躍起，準備強力入樽的一瞬間，這頭獵豹已從後追至，伸出利爪，一手拍走自以為必入的一球。

「好快！他明明在我身後幾呎，怎地最後能給我這記大火鍋！」林天行未及定神，殷青藍已站在三分線上順勢出手、命中。

「MVP嗎?你未夠班!」又道:「小子,想學好打籃球,先學好態度!或者,你可以離開,讓籃球放棄你!」青藍轉身走回中圈,眾人靜默無言,剛剛十幾秒的撲殺或封板,連隨一記遠程炮,足教眾人回味一晚。球場上只餘下籃球框後幾隻野鴿的咕咕聲,籃球滾到場邊的草地旁。

「還有誰想跟三王切磋?」老教練對球員道。

「想的話,站起身,跟我們到那邊的半場去,先說一說單打時的防守……」王凱拍了幾下掌,鼓勵眾人一同訓練去,沒一個隊友打算理會孤單一人的林天行。

「你打算一個人霸佔整個半場?想獨練?」殷青藍和徐風走到林天行的身邊。

「喂!放棄吧!籃球不過是一種運動、一種消遣,不用上心。」徐風講的當然是反話。青藍續道:「徐風說得對,你唸中一的時候,爸爸走了,你被送來了。沒家教的小孩多數這樣的!這不是你的錯,是你爸的錯!」

「青藍，不是他爸爸的錯，是籃球的錯！他第一個籃球教練就是父親，對他有多少期望和栽培你知道嗎？如今，婚姻又失敗，人生亦失敗，正一廢中。」

「什麼廢中？」青藍故意挑釁。

「頹廢中年呀！枉他當年跟我們同隊，是我們的前輩！」徐風借機勾起林天行的傷痛回憶。

「你怎會知道？」林天行喝道：「我跟他已沒關係！別提他！」

「林世光是籃壇老前輩、我爸殷耀榮的隊友，你的一切，我們都知道得清清楚楚啦！」殷青藍走近他，一股皇者氣勢正好震懾住這個不知天高地厚的打架王。他道：「喂！打架王，我連你父親住在大陸哪處都知道啊！但他怎會不來找你呢？因為兩父子的關係破裂了？」

說到父子關係的破裂，青藍和王凱最了解不過，老教練楊天齊與壞孩子楊濤正好就是一例，難怪老教練想教好這個衝動派年輕人！

「你老爸沒面子來看你啊！他內疚，不敢面對你！雖然很想來看你，看你重新拾起籃球，打一場精彩的比賽！」徐風附和着，然後道：「不過沒用，看你現在的實力，簡直不知所謂，你繼續當自己的最有價值球員吧！」

青藍拍着林天行的肩頭，道：「你想他來看你的比賽吧？」

「不想！」林天行斬釘截鐵。

「噢！那麼你走吧！讓籃球放棄你！」青藍第三次講出這句話。

不知為何，那天林天行孤獨地坐在半場，任隊友在另一邊熱血地投入訓練，等到老教練帶青藍等人離開，他依舊坐在球場上。一星期後，他照常出席訓練，變得沉默、認真。眼眸閃現的亮光，來自一團籃球火！而大半年後的今天，他不但不再反叛，也沒再跟隊友鬧事，彼此的目標極一致，直指兩個多月後的「學界無限」比賽。

但在此之先，學校於七月舉辦的學年表揚日，會成為他們的生命中最重要、最重要的一環。

靈光書院的學年表揚日，目的是讓家長看見兒子在這裏寄宿學習的成果。

徐校長道：「透過水上活動、海事訓練、餐飲管事訓練、體能訓練、歷奇訓練和紀律訓練，讓一班失去人生目標、自我存在和認同跌到低點的青少年，重新振作，學懂做人處世，站在社會上有自信，當個好人。」

今天所見，每個同學的臉上都充滿正氣，男子氣概自整齊畢挺的制服中滲透出來。由早上的步操和銀樂隊表演，到頒獎典禮、學員才藝表演、學生代表分享等環節，都讓家長和來賓眼前一亮。這班來自五湖四海不同學校的壞孩子，在正午的陽光下，自信地笑得燦爛。全校二百人，中一到中六，站在操場上，一一都變成了少年英雄！

回說籃球隊一行十二人，全是中五和中六級的男子漢，昔日是惡名昭彰的怪獸級壞蛋，經歷楊天齊和楊濤的訓練，今日非常得體！歐陽山的父母出席了，謝武的父親出席了，彭祖明的母親出席了，司徒子南的爸爸和後母都出席了，大家都好高興，兒子成長了許多，看見教官立正敬禮，與人交談不再嬉鬧，懂得何時該做何事、面對何人該如何說話，將自己最成熟的一面展現人前。

「原來我兒子弄的曲奇和煎的牛扒真的不錯！」游繼標的老父邊吃邊讚。

家長參與表揚日的午膳全由餐飲管事科的高年級同學負責，一眾家長看見一班年輕大廚的表現頭頭是道，都讚食物好味道！

「原來我兒子是銀樂隊的，他打鼓的確出色！」

「我兒子也是，吹起長笛來似模似樣！」

「他們的步操表演很專業，我以為去了警察學堂的畢業典禮！」

下午時分，表揚日到了尾聲，徐校長特意安排一個下午茶時間，招呼這班籃球員的家長。隊中唯一沒出席的家長，正是林天行的爸爸——林世光，而隊中最不想家長出席的就是——華樂進。兩個人都被作了特別安排，由楊老教頭帶領二人，向在座的家長作出正式邀請。

華樂進抗拒着：「我不想！另找他人好嗎？」

林天行倒覺得沒所謂，他自覺身為隊長，責任所在，反正自己父親不在，樂得輕鬆。「華樂，我們全都知你老爸是社團老大，有何問題？他挺親切啊！又風趣好玩！好台灣黑幫風格，正！」林天行笑道。

老教練摸着華樂進的頭，道：「放心，楊濤教練會坐在你爸爸身邊，他一發難，楊濤會制服他！」

「哎呀！你別開玩笑好不？我沒心情！」華樂進一直都逃避「爸爸是社團老大」的

事實，兩父子的關係同樣鬧得不快。

「父子就是父子，面對吧！」林天行笑着說。

老教練正好抓個正着，道：「對啊！你懂得這樣說，為何沒這樣做？」又推着二人走到家長面前，道：「各位家長，我們的正副隊長有事跟大家宣佈。」

「哈！我華浩東的兒子當副隊長呀！厲害嗎？哈……」社團老大的粗聲大氣、豪邁奔放，教兒子華樂進暗自歎氣，一臉尷尬，退後了一步，卻被老教練頂住他的背，再推前一步。

「男子漢大丈夫，說吧！」老教練鼓勵着，校長、教官、兩位楊教練和家長的目光都落在二人身上。

林天行用手肘撞了華樂進一下，數一、二、三，二人齊聲道：「這個暑假，我們不回家、不放假，會在學校留宿，全情投入校隊訓練，九月的學界比賽，我們想得冠軍，實踐夢想，不想再輸！我們想邀請各位家長來看我們的決賽！」

「什麼決賽？我每一場都會來看啊！阿仔！」華浩東豎起大拇指，極像武俠小說中的豪俠。「我一眾門生都會來撐場！」

那一刻，家長們看見兒子的頭上有一光環，很耀眼！

茶會後，家長散去，彼此都同意讓暑假變成籃球訓練營，放心地將兒子交給學校——「仔，決賽見！星期六和日回家飲湯！」

「教練，幹麼？」送別家長後，林天行被教官帶到課室。

老教練楊天齊坐在裏面，道：「來！桌子上有信紙、有原子筆、有信封、有郵票。」

「幹麼？」林天行坐下來，心中有數，卻不想行動。

「你懂的！」老教練拍拍他的背鼓勵他，又道：「父子就是父子，面對吧！你懂的！」

林天行伏在桌上，一言不發。

老教練已走到課室門外，關上門之前，道：「寫好後，放進信封，貼上郵票，班主任在教員室等你。今天不寫，明天寫，明天不寫，後天寫，總有一天會寫完。再見。」

書桌前，林天行獃了兩小時，入夜，他才終於提筆……

3 戰天坪

常說成功的球隊有四個主要因素：

一、球團管理

二、教練

三、球隊文化

四、球員心志

這四大要點環環相扣，任何一點出現問題，都足以搞垮球隊。一直以來，徐校長都覺得靈光籃球隊所欠的是好教練，直到找來退休老友楊天齊，再由他的兒子楊濤接手，靈光籃球隊才見希望。經歷暑假的特訓，楊濤以國際級球員的訓練方式「折磨」他們，每天早午晚三課訓練，跑山、游水、扒艇、健身用來鍛煉體能。晚上一起看球賽，再進行分析，要求眾將拆解戰術的變化，組織攻防策略，還帶他們參與「太平洋石油」的操練，開他們的眼界，壯他們的胸襟。有時候遇見殷青藍和李琪，還會叫他們進行單打訓練。

終於有一次，林天行再度對上殷青藍。

「前輩，多多指教！」林天行的態度判若兩人。

「我不會留手。」青藍先攻。

林天行已嚴陣以待，今天的防守活像甲一級別的職業球員，令青藍輕輕感到有點壓力。「像樣了！」青藍嘉許道。

進行單對單練習以十一分為勝，被楊濤以地獄式軍訓的洗禮後，每天都跟陽光、風雨拚鬥，這班球員彷彿練就了不死身，十二條膚色烏黑得發亮的鋼條男兒，同樣剷了一個 Skin Head 髮型，並排一起的時候，就像一支身經百戰的特種部隊。林天行就是特種部隊的主攻手——6：4，竟然由他領先！

青藍笑着跟楊濤道：「當初接受的時候，你說討厭當教練，現在這小子經你的訓練，變成了一部得分機器呢！真有你的！」

雖是說笑，青藍並沒怠慢，相反眼前的落後仍未足以叫他慌亂，仍然在談笑之間可用兵——三分球命中，反超一分，7：6。

林天行沒料到青藍的第一步比他更快、更有力，外號黑豹的他果非浪得虛名，打法好像 NBA 巫師隊的 John Wall 和勇士的 Kevin Durant 合體，只見他切右開步，突然變向 Crossover，再彈後 Fade Away 跳投，又命中，9：6。

「下次你遇到這樣的對手，同樣可以高速變向跳投的話，就該逼緊一點，不可讓他有半分空間轉腰變向。」青藍邊鬥邊教，林天行虛心領教，即時試招，確極有用。

另邊廂，歐陽山、李萬興、謝武和白志源跟李琪學習三分球的投射技巧，如何在不同位置都做到 Run and Gun，當中如何保持身體的協調、出手的角度等等。一星期一天的高等訓練，確非一般學界D1強隊可以得到機會，還要跟隨職業冠軍隊操練，更是無數年輕球員的夢想呢！

轉眼間，烈日的高溫燃燒到七月尾了，靈光書院的十二位壞孩子組成的特種部隊並沒有令人眼前一亮，反而是眼前一黑，人人都成了黑武士。今年夏天，五月只下過一場雨，六月則有四個下雨天，而七月至今二十六號，連晨霧都沒有！每天早上都是跑山、游水，下午練習，晚上看球賽錄影和做戰術功課，翌日的生活也一模一樣，訓練的質量只有加和變，從沒減和改，此刻，他們自覺脫胎換骨，破蛹重生。

今天，七月二十六號。南山十強之首——天坪學院的綜合體育館內，有一場閉門切磋即將舉行。

比賽前，天坪眾將得知對手是靈光書院已生微言，這支球隊是港島南區D3組別的弱旅，竟敢上山挑戰？面皮幾呎厚？林天行……我們當然記得他，又如何？變強了？好啊！讓他們早點輸，知難而退，無謂到了九月開賽時獻醜、獻世！

這班天坪球星，有些從初中時已認識林天行、歐陽山、彭祖明等少年好手，有些則和他們素未謀面，只知其中擁有史上最強的二人組合，其他隊友都是一等一的學界星級戰將，組合起來便輕鬆連奪兩年學界三冠王寶座，要跟一隊「聽說變強了」的四、五線球隊打友誼賽？

綜合場館內，籃球場的地板裝了感應裝置，四周安裝了光影投射燈，連串鐳射圖像似在場上畫畫，畫下一條又一條戰術陣式的路線，球員按地板上的光線指示，練習走位投射、戰術走動、快攻路線，極先進極炫目極科幻，還以為去了演唱會。當靈光書院十二位壞孩子走進場館時，看見燈光調暗了，藍、黃、橙、綠、紅五條光線畫下不同的路線圖，彷彿都在跟你說一句：「有錢，就有科技。」

「有錢，就有科技。」謝武領在隊前，林天行在側。

「有錢，就有科技，但未必有實力！」謝武續道。

「天坪學院資源充足，實力雄厚！」眾將紛紛討論着、羨慕着。

楊濤在隊伍的後面，對眾將道：「喂！各位，集中精神，想一想，他們有的是科技，你們有的是天地！每天的高山和大海、陽光和風雨打造了你們呢！」他的好戰血脈躍動着，恨不得自己上陣，忖道：

「哼！你們一班人啊！在我手上，早就註定在學界賽事中，要當一隊令人驚為天人的大反派、顛覆傳統強隊的壞孩子！」

這是一場閉門戰，楊濤以自己的名氣拉攏了幾支學界強隊，先有匯天中學，今有天坪學院，往後還有兩間「南山十強」首肯作賽。一眾球員只知道教練名氣大，隨便一兩通電話就辦得成友誼賽，但實際上他們都不知道，強隊不一定會賣你的帳，不一定因為你的名氣便隨便跟你比賽。首先，若要戰，他們必戰同級對手，須知道知己知彼，百戰百勝。與同級對手比拼，趁機「摸底」，拍下影片，在賽後好好研究，這才叫比賽的價值。其次，友賽的目的是試陣，測試不同的攻防組合，讓不同的球員能夠因應不同的比賽狀況作適時的調配和磨合。那想當然了，既要試陣，必要跟層次相若的對手切磋方能有進步，如今……就因為楊濤的名聲便胡亂練兵？對靈光書院而言，的確是練兵，對匯天和天坪而言，肯定是多餘了。

那麼，天坪的總教頭又為何會應承這一場閉門戰？

「當年，校方因為林天行和彭祖明的操行問題，決意開除二人學籍，而且他們在球隊亦造成極大的紀律問題。今天，我倒想看看楊濤有何能耐，把這兩位曾被喻為天才球員的問題少年導回正途！」天坪學院總教頭是學界D1組別的「經典名牌」教練，人稱「算命師」的田錦標。

「咳……！我猜啊！你還想印證一下，當年捨棄了的林天行和彭祖明，與自己一手栽培的易之朗和洛家揚，到底誰強誰弱，自己是否做對了決定……」楊老教頭在電話裏頭跟田錦標討論。

原來，令田錦標賞面和首肯的，並非楊濤。「田總，當年你棄掉這兩名悍將，是否一直耿耿於懷？今天有機會碰頭，正是解開心結的好時機。你看看吧！楊濤已改造了他們，但日子尚淺，未經歷真正的考驗。而你的天坪本已是王中之王，少說都有五年的高質訓練，相信比賽的結果已定，你們勝，他們敗，自然不過。」楊老教練道。

田總不置可否，沒把勝負放在心上。況且，他從沒想過會敗，道：「前輩，別論勝負了。我只想看看當日的最有價值球員跟現今的最有價值球員一決高下，會有怎樣的火花！」

回說場上，靈光書院的球員都在球場上熱身，楊濤在戰術板上指指劃劃，召了謝武和林天行到身旁，輕聲對他倆說了一番話。二人聽着，呆了，半晌不語。

「怎樣？不夠膽？不是吧！靈光書院的壞孩子，窩囊如此？」楊濤抓着他倆的頭蓋，道：「你們不照我意思做，別想有機會上陣！」

林天行一臉訝異，繼而苦笑，跟謝武領着指示，召了隊友圍成一圈，說了……

「他瘋了？」歐陽山竊笑。

彭祖明搖頭道：「這簡直是自殺！教練送我們去死！」

「幹，還是不幹？」李萬興說來，好像沒甚包袱。

「你說得輕鬆，執行的人又不是你！」白志源握着林天行的手，堅定點頭：「天行，來吧！我撐你！」

「哈！真的多謝你啊！撐我？」問題又回到林天行的身上，他道：「執行的是我，但你們要配合啊！」

謝武也道：「對啊！要幹，便一起幹！」

楊濤看着一班隊友圍着商量，暗自發笑，然後走向田總身邊，握手問好。「田總，多謝你讓我的球員有機會跟你學習。」

田錦標拍拍他，誠懇的道：「楊老教練叫到，我怎會推搪？況且你那邊的球員都曾是學界猛將，只是後來誤入歧途而已。」

「哈……怎麼曾經誤入歧途呢？他們至今都未嘗走上正確的路！還經常走錯路！哈……」

田總不明楊濤所指，卻感奇怪，忖：「楊濤這瘋子總有古怪想法！真不明白他老父如何跟他相處？」

「田總，你看！」楊濤指着球場上一班靈光球員，道：「他們的熱身是這樣的！」

砰！林天行入樽！

砰！謝武跟彭祖明「拆你屋」！

砰！歐陽山入樽！

砰！李萬興入樽！

突然，歐陽山接球，底線傳出，李萬興接應再快傳予謝武，彭祖明已在中場策應、轉向……

整隊人，竟向天坪隊那半邊場殺去，直接向對方的籃框衝去！

反觀天坪一眾球員，人人瞪着眼，完全不懂反應，只因一眾靈光戰將已超出了一般賽前熱身的常規——各佔半場熱身。當下十二人殺過半場，直如千軍萬馬，嚇得幾個天坪的球員退到一旁，眼睜睜的看着林天行接應快傳，單手入樽！

總教練田錦標看在眼裏，一把火從心底猛燒起來，怒目瞪着正自得意的楊濤，道：「楊濤，你……你的球員幹什麼？你……」

楊濤用欣賞的眼神望着田錦標，欣賞他的錯愕，享受他的驚訝反應，道：「田總，我剛說過，他們不是曾經誤入歧途，而是經常走入歧途！哈……」又道：「小心啊！你們天坪是皇者中的皇者，這場閉門友誼賽，不要輸給我們啊！門是關不住的，輸的消息一傳開……」

球場上，林天行接應快傳的單手入樽，敲擊起天坪眾將的警號。他們無人不識林天行——昔日的隊友、昔日的少年隊皇牌球員——幾年不見，今日一見，狂野依然！曾經被他蹂躪過的舊隊友不禁心生恐懼，一幕幕被他踐踏的景象猶有餘悸地重演。

只有易之朗和洛家揚最鎮定！

易之朗上前，跟林天行對峙，道：「進步了？」

林天行道：「不！只是回復以前的狀態，再比以前稍微強了一點點！」

「那今天準備好了啦？」易之朗拾起籃球，交給身旁的洛家揚，打個眼色，點一下頭。

洛家揚冷冷一笑，就在自己場區的三分線上，朝對方後場的方向來一記遠程炮——直轟——命中！「今天準備好要輸了？」他回頭對林天行和一眾靈光壞孩子道。

林天行聳一聳肩，道：「我們輸，早慣了。你們輸，唔……也應該！」

吣！

球證吹響了哨子，示意雙方的正選球員上場。

「開賽五分鐘是搶分時機，他們的戰心被林天行和彭祖明嚇了一嚇，趁他們未定神，盡情搶。防守，半場人盯人！進攻，林天行不是主線，歐陽山，我要你的三分火力！明白嗎？他們會很在意天行和祖明的，但我要歐陽山主攻！」

楊濤打盡心理戰，目的只有一個，就是要所有天坪球員針對林天行，讓歐陽山的三分火力有足夠空間全開！

另一邊廂，天坪眾將雖被靈光書院的一班壞孩子打擾了心神，亦同時點燃起怒火。田教練拉着球員們，要求他們收拾心情，道：「楊濤從不按章出牌，這是他最可怕的地方。我未想到他到底有何奇招，但大家要打醒十二分精神，今天的靈光，已非以前的魚腩隊伍，聽聞匯天中學也險些敗陣。相信我，五分鐘後，我會找出他們到底玩哪一招！」

天坪	**vs**	**靈光**
控球後衛：劉立平		謝武
得分後衛：易之朗		林天行
小前鋒：洛家揚		歐陽山
大前鋒：向海強		彭祖明
中鋒：何志偉		司徒子南

跳球一開始，司徒子南比對方的中鋒何志偉稍高一籌，把球拍給謝武，同一時間歐陽山已跑到前場，林天行往對方的籃下衝去。天坪的球員都以為謝武會長傳給林天行，卻料不到彭祖明在三分線上掩護歐陽山，順勢一個單擋，謝武見時機正熟，No Look Pass 傳予歐陽山，太遲了……補位防守不管用了，歐陽山起手，三分球命中！

天坪學院在賽前的部署已鎖定了林天行和彭祖明，認為楊濤會讓他倆主導進攻，借機復仇，剛才熱身的「踩場」行動明顯就是告訴天坪的總教練，他在三年前所作的決定是錯的，放棄他們是錯的！

「我猜啊！楊濤會讓林天行和彭祖明主攻。」田總跟球員道：「你們都要守死二人，別讓他們着火，否則會很難打！」

然而，「算命師」田總——算錯了！

熱身時候的踩場行為本是一張灰色的幌子，只為轉移視線，要天坪的教練和球員認定靈光的主攻是林、彭二人，實況卻明顯不過，歐陽山才是冷血殺手，在司徒子南和彭祖明的單擋配合下，激射六支冷箭，在短短五分鐘內，比數打成18：9，靈光領先！

眾所皆知，在「南山十強」中，匯天中學的三分雨早已令人聞風喪膽，當年的歐陽山能在當中佔一席位，他的遠投能力豈是庸手？近兩個月來每天的操練，由下午到晚上，以及星期六、日的全日，都是鍛煉、鍛煉、鍛煉！

楊濤因應每個人的位置和打法，作出針對性操練，而且別忘了，他們的教練不止楊濤一個，整支太平洋石油隊的職業好手，都是每星期要面對的對手。情況好比把一班質素頗高的軍人，丟進一個萬里叢林之中，每天都有挑戰和任務要完成，還得隨時面對不可知的猛獸來襲，若應付不了，就只有失敗，若不想失敗，就得拚了老命！

「短時間內的高密度、高要求和高壓力，迫使這班靈光壞孩子急速成長，從士兵變成戰士，從戰士變成勇士！」楊濤跟老父提及過。

楊老教頭照例乾咳兩聲，不以為意，道：「你是總教頭，你決定，我去看醫生！」

「吃了藥沒有？」楊濤問。

「吃了。」

回說賽事，單看第六個三分球的走位配合，已教天坪隊的球員冷汗直標！

「明明看穿了！」天坪的後備席上，幾個球員談論着。

沒錯！他們確已看穿了歐陽山才是首五分鐘的武器，也明知林天行只是幌子，但當林天行借司徒子南的高位單擋切入禁區之際，易之朗和洛家揚已鎖定了傳給歐陽山的傳球路線，想不到林天行在這時殺進去上籃，引誘他們回防夾擊，同時司徒子南在單擋後並沒選擇 Roll Out，而是繼續順勢走到三分線上跟歐陽山來一個十字擋拆，讓歐陽山直線切入禁區，再從底線切向右邊的零度位，彭祖明亦已就位，低位單擋立即成形，林天行一招No Look Pass的回馬槍，歐陽山接應在手，竟還有極鬆動的出手空間，第六個遠程炮轟中籃網，豪奪第十八分！

天坪的田總教練立刻叫了第一次暫停，是被迫得窘態畢露下的緊急暫停。

多少年了？要逼得天坪學院要求暫停重新部署的學界球隊屈指可數，就算是匯天中學、馬爾高貴族學校等強中之強，也未必能做得到，更何況名不見經傳的一般校隊？眼前，這羣犯事纍纍、為主流中學所不容的「靈光仔」，竟能迫使天坪主動要求暫停，殊不簡單。幸好是一場閉門友賽，若給傳媒拍到了，一經外傳，顏面何存？

「五分鐘的突襲已完，他們的強攻來了！大家準備好，被喻為天坪學院史上最強的得分組合，會令你們陷進苦戰。」楊濤作出調配，換出歐陽山，由華樂進上陣。

眾將互相擊掌，一為剛才的「偷襲」搶了甜頭而高興，一為鼓勵大家勇敢迎向接下來的挑戰。

「教練大可不換我上陣，若講進攻，我不及李萬興和白志源……」華樂進正自心忖，楊濤已抓着他的頭蓋，道：「我要你當我的奇兵，全場死守易之朗。」

這是一項天大的任務，楊濤說：「我信得過華樂的單對單防守，人家都要相信他！」隊友報以信任的眼神和微笑，白志源道：「他曾經迫使殷青藍單節只得五分，我信他！」

「我信他！」

「信！」

「華樂！拿你的牛肉刀出來，為社團拚命喇！」

「我信你！樂仔！」

成功的團隊講一個「信」字，一羣講義氣的年輕人卻不止於此，與其講，不如做！華樂進果真把易之朗守得死死的，直把他當成欠了高利貸的債仔，死命追逼，氣不喘，面不紅，眼中只有這個學界最強得分後衛，要他一分都不能進！

「你的體能好強啊！」易之朗鎮定如常，沒有因為被死盯而亂了陣腳，又道：「我得重新好好評估一下你們靈光書院，剛才是我們低估了。」

「怎樣？後悔嗎？後悔輕視我們？」華樂進回敬一句，同時封了他的右邊傳球路線。

易之朗走到零度角，靜觀隊友的走位，伺機而動，道：「要後悔已經太遲……你！」

不動，如靜坐的山。

一動，如脫韁的馬。

易之朗話聲甫落，人如野馬搶前去，一手抵着華樂進的肘，用力輕推，借力彈出三分線上，此時洛家揚的切入分球剛好到位，讓他在第一節的首次接球，就是一記快射的三分球，清脆入網得分。

第一節比賽餘下兩分鐘。

林天行拍拍華樂進的肩，道：「算很不錯了，你死守了他整整三分鐘，不讓他參與進攻，厲害！」

比分是28：26，天坪學院在洛家揚和另外兩個隊友合力下收復不少失地。

「守得住易之朗，卻守不住洛家揚，天坪隊史上最強的得分組合名不虛傳！」在旁的李萬興、白志源異口同聲的談論着。

楊濤對他倆道：「林天行防守洛家揚，仍被他一口氣搶了十分，也不能怪他防守不濟，換了別個去守，洛家揚可能已取了二十分。別忘記，林天行也讓對手吃了不少苦頭啊！」

楊濤所言不虛，場上的林天行活像一頭孟加拉虎，天生的獵殺本能給人一種不寒而慄的感覺。他運球的時候，盯着的不是籃框，而是盯着防守者，好像在觀察、在摸索、在尋找他身上的防守破綻，然後一擊必殺！

洛家揚曾是他的隊友，所以他清楚知道，要攻陷天坪的陣地，必要攻陷洛家揚的——左路！

左路防守是他最弱的，在他轉向防守的時候，左邊的轉向步法最慢！

第三次，林天行從左切入，力壓洛家揚，然後在禁區內雙步急停，彈後跳投，中！

「我下次都會從左路進攻！你要好好記住！」輪到林天行守着洛家揚。

「我的弱點被看穿，你的亦然！」洛家揚最擅長的得分招數極多，林天行至今也摸不透。曾經師承「太平洋三王」之一的徐風，他的運球技巧、三段變速、鬼影歐洲步，盡得徐風真傳，當彭祖明補位協防之際，他已後手傳球給隊友籃底得分！

別忘了，此時此刻，易之朗已經暗暗地甦醒，似一條燒得極透的鐵，看上去的顏色不紅，僅僅是沉沉的炭黑色，上面還有一層灰白的碎屑，因燒透了的關係，致使鐵面產生輕微龜裂，然而，當你一摸之下，燙得連你的皮肉都能扯下。

洛家揚從易之朗的眼神中知道，這位好兄弟要着火了！

第一節的最後一分鐘，和第二、三節的比賽，易之朗渾身着火，正如NBA評述員通常喜以「Hot Hands」來形容那些手感正熱、百發百中的球員，為球隊在賽事中瘋狂飆分，任誰都沒法阻止。

「多謝你啊！華樂進，你死守我的幾分鐘，激發我的怒火，所以我說要後悔的人，該是你！」第三節尾段，易之朗Crossover運球突破華樂進的防守，力壓彭祖明，反手扣籃得分，兼博得犯規。

天坪學院以十二分之差反先靈光書院——66：54。

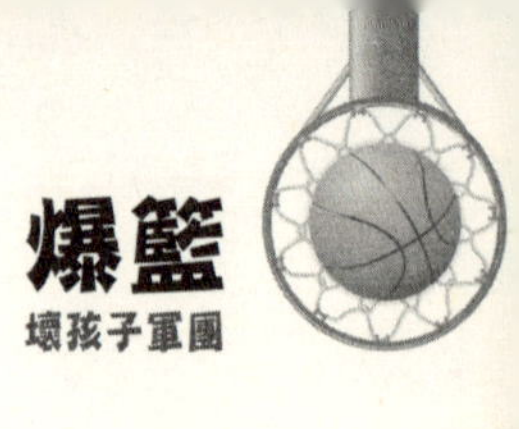

比賽走進第四節，雙方的體能勁爆，戰術變化多，調動策略亦多，兩隊教練竟然極有默契，讓隊中的十二人輪流上陣，試過不下六、七種戰術組合，把友賽的意義昇華，重點放在試兵、試招、試陣之上，超越了勝和負的狹窄思考，就連球員都感受到較技，不止是得分，還有很多磨練的地方，樂在其中。

天坪學院的球員很高興，因為有驚喜，本以為對手該是不堪一擊的三流隊伍，想不到戰至第三節，仍被他們緊咬不放，惺惺相惜之感溢於言表。

靈光書院的球員更高興，因為證明自己過往的地獄式苦練並沒白練。十強之首的天坪啊！如今正正對戰着，雖仍落後，卻已覺得自己有力與之爭一日之長短！

「林天行！」易之朗豎起大拇指，道：「當年的最有價值球員，仍然似模似樣啊！」

林天行昂首，拍心口，道：「第四節了，準備輸吧！」

第四節開始。

楊濤道：「餘下十分鐘，天行、歐陽山、謝武、祖明、司徒，半場人盯人！」

眾人領命，上陣！

4 一分鐘的不勝不負

閉門戰的第四節只餘最後一分鐘。

比分82：88，天坪學院罕有地落後！

全因洛家揚在第四節初段傷出，被謝武領軍打了一波十三對一的攻勢。

「放心！有我！」隨後，易之朗以一己之力撐着，進兩球追回四分，再加一記助攻，追至86：88。

而林天行和歐陽山也不遑多讓，在這一節各入十二分，彭祖明和司徒子南各得五分，謝武送出了全場最高的十五次助攻。

最後二十六秒……

「守住易之朗，夾擊他！」林天行用眼神示意歐陽山，準備隨時夾擊，不許他再劏進禁區。

此刻，易之朗已是一頭冒火的狂獸，壓進來的力量遽地倍升，突然在四十五度的三分線上跳起，卻竟然投不進，謝武搶到籃板，想也不想就轉身快攻，瞥見歐陽山在中場接應，便立即快傳，再由他直線傳送給林天行，來一個單人快攻！

「看我如何終結比賽吧！」林天行心忖。

「休想！」冒火狂獸易之朗的回場速度再突然暴升，竟在林天行的身後躍得極高，一手封板，蓋林天行一個大大的火鍋，還可以一手抓着籃球轉身疾馳。

比賽只餘十幾秒，林天行未及細想已追在他身後大喊：「彭祖，封他去路！司徒，死守籃底！」

籃底下，天坪的中鋒和大前鋒也非泛泛，力猛如牛，眼見殺紅了眼的易之朗，心中一驚的同時，亦懂得為他開路——單擋！

「他不會傳球的！」謝武已料到易之朗要單人匹馬施展絕殺神技，故他決定棄守他人，跟歐陽山形成包夾——

怎料，易之朗剛過半場，只踏前兩步，來一個超級遠投，在三分線後四步開火！

中！

89：88。天坪反超！

最後十秒……

「教練，要暫停嗎？還有一次可用。」李萬興在後備席上道。

楊濤搖頭，道：「易之朗好厲害！看看林天行如何回敬！」

謝武控球上前，易之朗任由他傳給林天行，道：「來吧！」

在林天行的眼中，易之朗是一頭冒火的野獸，在易之朗的眼中，林天行也非好惹，他忖道：「哼！由始至終，眼前這頭孟加拉虎都沒放棄攻擊過。好啊！Come On！」

最後八秒，這一頭瀕臨絕種的黑金相間花紋的老虎，發動絕殺攻勢！

四一的進攻陣式，雙方隊友識趣得很，拉闊了空間，讓兩頭狂獸單對單。

林天行佯右切左，壓前一步，立即 CROSSOVER 轉向殺入——

易之朗的對抗性極強，緊迫的防守封阻了切入的中路——

林天行的應變極快，借力 Step Back Jump Shoot——

易之朗心中冷笑，忖：「早料到喇！看我再封你一次！」

可惜，料是料得到了，林天行真的施展仰後跳投。

可是，易之朗萬料不到，林天行根本不想命中目標，而是博他先犯規再起手得分！這一招，傳奇球星——高比・拜仁的常用殺着——Fake and Shoot！好管用！

易之朗碰了林天行的身體一下，球證立即鳴笛，判犯規！

不過……林天行的投射最後還是中框彈出！

「哎呀——！」全場大叫！這一邊大叫可惜，另一邊大叫好險！

最後，林天行兩記罰球只中其一。89：89打和。

由於只是閉門友賽，雙方教練決定不作加時，彼此不分勝負！

「從今天起！靈光書院會是南山十強之外最強的攔路虎！」田總教練跟天坪的球員道。

楊濤領着一行十二個壞孩子走下南山，路上人人滿臉笑容，志得意滿！

「教練，不坐車下山嗎？」

楊濤搖頭，道：「一起沿山路往下走，順便數一數，下個月的學界比賽，有多少強隊將要敗在你們的手上吧！」

一切且看下一集——《爆籃・戰國強籃》。